Anonymus

Der Herzensleser

Roman

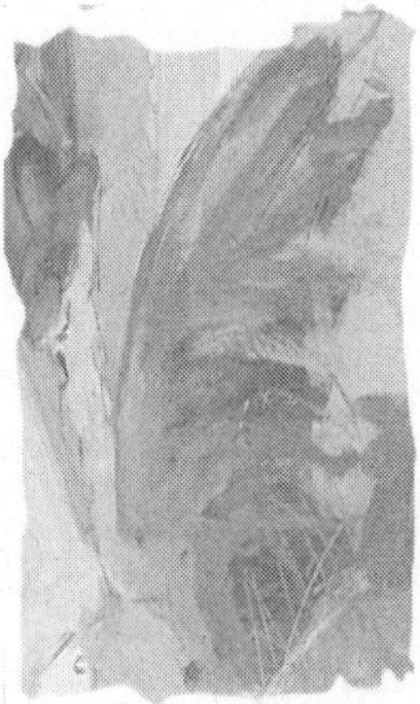

Anonymus

Der Herzensleser

Roman

Schulte & Gerth

Die amerikanische Originalausgabe erschien im Verlag
Word Publishing, Nashville, Tennessee,
unter dem Titel »The Heart Reader«.

Aus dem Amerikanischen übersetzt von Eva Weyandt

Best.-Nr. 815 736
ISBN 3-89437-736-4
1. Auflage 2001
Umschlaggestaltung: Hanni Plato
Titelfotos: ZEFA/BAVARIA
Satz: Die Feder GmbH, Wetzlar
Druck und Verarbeitung: Ebner Ulm
Printed in Germany

Und sogleich taten sich seine Ohren auf,
und die Fessel seiner Zunge löste sich,
und er redete richtig.

MARKUS 7,35

Kapitel 1

Der Traum kam in einer Sonntagnacht, nachdem er am Nachmittag Golf gespielt und am Abend eine politische Debatte im Fernsehen verfolgt hatte. Wie von göttlicher Hand geleitet schien dieser Traum Sam Bennett in seinen Bann zu ziehen. Als würde er vor einer riesigen Leinwand sitzen, sah er zu, wie eine Frau in einer kleinen Hütte mit einem Blechdach und einem Lehmfußboden verzweifelt nach etwas suchte. Sie räumte die Sachen aus dem Schrank, aus den Regalen, stellte alles auf den Kopf, warf die Kissen von ihrer Couch, suchte hinter Türen und unter Teppichen. Es war ein frustrierender Traum, der kein Ende zu haben schien, bis Sam schließlich eine Münze entdeckte, die in eine Ecke des Zimmers gerollt war. Die Frau im Traum entdeckte sie zur selben Zeit wie er. Sie stürzte sich darauf, hob sie schnell auf und begann vor Freude zu weinen.

Wegen einer kleinen Münze?, dachte er. *Warum ist sie wegen einer lausigen Münze so aus dem Häuschen?*

Unruhig warf sich Sam im Schlaf herum und bohrte sein Gesicht in das Kopfkissen. Die Worte seines Pastors vom Gottesdienst hallten noch in ihm nach. In der Predigt war es darum gegangen, sich um die Not leidende Welt zu bemühen. Um die geistlichen Nöte der Menschen. Er hatte nicht einmal besonders gut zugehört, aber jetzt kam ihm alles wieder in den Sinn, als wären die Sätze auf Kassette aufgenommen worden. Sie bestürmten ihn und ließen ihm keine Ruhe, bis er sie verinnerlicht hatte.

Und dann hörte er eine Stimme, die mit heiliger Macht in seinem Geist widerhallte. »EFFATA! EFFATA!« Das ließ ihn aus dem Schlaf hochfahren.

Das Wort schallte in ihm nach, obwohl er seine Bedeutung nicht genau kannte. Es kam aus dem Hebräischen, meinte er. Oder vielleicht aus dem Griechischen. Und wessen Stimme war das gewesen?

Jetzt war er hellwach, in kalten Schweiß gebadet. Er zitterte. Seine Frau Kate lag ruhig schlafend neben ihm. Leise stieg er aus dem Bett und taumelte durch das Haus in die Küche, wo er sich Wasser ins Gesicht spritzte. Dann zog er sich ins Wohnzimmer auf die Couch zurück. Es war vier Uhr morgens, viel zu früh, um schon aufzustehen, doch er konnte nicht wieder einschlafen. Nicht der Traum hatte ihn so sehr beunruhigt, es war diese Stimme. Sie hatte mit solcher Macht gesprochen, mit solcher Autorität.

Effata! Was bedeutete das? Jetzt, wo er darüber nachdachte, war er sicher, dass die Stimme gar nicht zu dem Traum gehört hatte. Im Schlaf hatte er nur die Frau und die Münze gesehen. Nein, die Stimme hatte die Autorität Gottes gehabt. Konnte Gott in dieser Nacht zu ihm gesprochen haben? Aber warum sprach er in einer fremden Sprache? Warum sagte Gott etwas, das ihn so unruhig machte? Es schien sehr wichtig zu sein, und doch begriff er es gar nicht. War das vielleicht irgendein Zeichen, oder machte er sich nur etwas vor?

Er atmete tief durch und versuchte, seine Gedanken zu ordnen. Ins Bett zurückzugehen und vielleicht etwas Ähnliches noch einmal zu träumen kam nicht in Frage, darum setzte er schließlich die Kaffeemaschine in Gang. Als der Kaffee durchgelaufen war, goss er sich eine Tasse ein, dann setzte er sich wieder auf die Couch und überlegte, ob er noch intensiver über den Traum nachdenken oder ihn vielleicht lieber vergessen sollte.

Vielleicht hatte er ja etwas mit der Predigt zu tun, die er gestern mehr oder weniger verschlafen hatte. John, der Pastor, hatte sich sehr wortgewandt über das verlorene Schaf ausgelassen. Es ging darum, dass der Hirte die 99 anderen Schafe zurückließ, um dem einen nachzugehen.

Sam hatte sich mehr für die Zeiger auf seiner Uhr interessiert. Wenn John nicht endlich zum Ende kam, würden alle Restaurants der Stadt überfüllt sein.

Hatte er vielleicht deshalb diesen Traum gehabt? Enthielt das Wort *Effata* vielleicht eine Ermahnung, der Predigt besser zuzuhören? Wenn er jetzt darüber nachdachte, war John gestern wirklich gut in Fahrt gewesen. Am Ende der Predigt war sein Gesicht ganz rot. Gestikulierend hatte er sich über die Kanzel gebeugt, um seine Worte zu unterstreichen. Seit John sich im zweiten Collegejahr für den Beruf des Predigers entschieden hatte, hatte Sam ihn nicht mehr so entflammt gesehen. Damals hatte John sich häufig in Rage geredet, wenn er versuchte, Sam und seine Freunde vom Glauben zu überzeugen.

Sam hatte gehofft, dass John nicht noch zu einem langen Segen ansetzen und dann noch alle vier Verse des letzten Liedes singen lassen würde, so dass die Presbyterianer zuerst die Restaurants erreichen würden.

»Haben Sie sich schon einmal überlegt, welche Schreie Gott aus dem Herzen der Menschen hört?«, hatte der Pastor gefragt. »Welche geistlichen Nöte steigen zu ihm auf? Und wenn wir nun mit Gottes Ohren hören könnten?« Dann hatte er sich im Kirchenschiff umgesehen und die Anwesenden betrachtet. Sein Blick blieb an Sam hängen, und Sam riss sich zusammen, um wacher zu wirken. Schuldgefühle plagten ihn, als er die Enttäuschung in Johns Augen bemerkte.

»Die meisten von Ihnen hören nicht einmal mit ihren eigenen Ohren«, fuhr der Pastor etwas gedämpft fort. »Ihre Ohren sind verstopft; Sie nehmen nicht einmal das Offensichtliche wahr. Es gibt Menschen mit Bedürfnissen, die nur so danach schreien, erfüllt zu werden, doch nur ganz wenige Diener Gottes gehen hinaus, um ihnen zu helfen. Wenn Sie hören wollen, wenn Sie wahrhaft sehen wollen, dann kommen Sie jetzt nach vorne. Fallen Sie auf die Knie und bitten Sie Gott, Sie zu gebrauchen.«

Falls Gott jetzt zornig auf ihn war, dachte Sam, dann bestimmt wegen seiner Haltung gestern. Sam hatte erneut auf die Uhr gesehen. Er erinnerte sich daran, gedacht zu haben, dass sie es noch immer bis zwölf Uhr würden schaffen können, wenn während der ersten Strophe jemand nach vorne ging und ein schnelles Gebet der Hingabe sprach. Wenn niemand kam, dann hätten sie es vielleicht schon nach dem zweiten Vers geschafft. Aber nach dem zweiten Vers hatte der Pastor dem Organisten zugenickt, damit er weiterspielte. Er sagte, er sei davon überzeugt, dass jemand die Stimme des Heiligen Geistes hören würde, und er wolle den Gottesdienst nicht beenden, bis jeder mit Gott ins Reine gekommen sei.

Sam hatte sogar überlegt, selbst nach vorne zu gehen, um der Sache ein Ende zu bereiten.

Als niemand reagierte, hatte der Pastor endlich aufgegeben und den Gottesdienst beendet. Sam hatte keine Zeit vergeudet, seine Frau bei der Hand gepackt und aus der Bankreihe gezogen. Dann hatten sie sich durch die Menschenmenge zum Ausgang gedrängt. An die Predigt hatte er keinen weiteren Gedanken vergeudet.

Und jetzt versuchte er, sich die einzelnen Punkte wieder ins Gedächtnis zu rufen. War es irgendwie um verlorene Münzen gegangen? Hatte John dieses unbekannte Wort *Effata* erwähnt? Hatte sich das alles vielleicht irgendwie in seinem Unterbewusstsein eingenistet, obwohl er sich jetzt überhaupt nicht mehr daran erinnern konnte?

Er versuchte noch immer, den Traum zu verstehen, als Kate etwas später herunterkam. »Du bist aber früh auf«, sagte sie.

Er schlürfte seinen Kaffee. »Konnte nicht schlafen.«

»Habe ich dir die Decke weggezogen?«

»Nein. Ich habe nur geträumt.«

»Schlimm?«

Er zuckte die Achseln. »Nein, eigentlich nicht. Nur komisches Zeug. Du weißt schon. Man verliert etwas und kann es nicht finden.«

»Ich habe so etwas auch schon geträumt«, erwiderte Kate und riss die verschlafenen Augen auf. »Ich renne durch den Flughafen, um ein Flugzeug noch zu erreichen, aber ich schaffe es nicht zum Gate. Oder ich bin im College und will zum Abschlussexamen antreten, nur bin ich das ganze Semester über nicht bei den Vorlesungen gewesen und weiß nicht, wo der Raum ist. Oder ich muss vor vielen Leuten eine Rede halten, sehe an mir herunter und stelle fest, dass ich meinen Schlafanzug noch anhabe –«

»So war das nicht«, unterbrach er sie etwas schroff. »Es war irgendwie mehr Furcht einflößend.«

»Furcht einflößend? Warum?«

Er runzelte die Stirn. »Ich weiß nicht. Bin nicht sicher.«

Darüber dachte sie einen Augenblick nach. »Ich habe auch manchmal Furcht einflößende Träume. Jemand will mir etwas tun, aber ich kann nicht schreien.« Sie goss sich eine Tasse Kaffee ein. Plötzlich fiel ihr ein weiterer Traum ein. »Einmal hat jemand brennende Streichhölzer auf mich geworfen, und ich konnte sie nicht ausblasen ...«

Er starrte seine Frau halb wütend, halb ironisch an. »Kate, hast du schon mal daran gedacht, psychiatrische Hilfe zu suchen, wenn du so viel komisches Zeug träumst?«

»Hey, du bist derjenige, der heute Nacht schlechte Träume gehabt hat. Ich habe wie ein Baby geschlafen.« Sie setzte die Tasse an die Lippen. »Ich wollte nur helfen.«

Er runzelte die Stirn. »Tut mir Leid. Mach dir keine Sorgen um mich.« Er erhob sich und streckte sich. »Ich denke, ich gehe jetzt unter die Dusche.«

Nachdem er geduscht und sich angezogen hatte, fühlte er sich etwas besser. *Es war nur ein Traum*, dachte er, *einfach eine Aneinanderreihung von Bildern und Sätzen, die ich in den vergangenen Tagen gehört habe*. Die Botschaft des Predigers, etwas, worüber sie in der Sonntagsschule gesprochen hatten, vielleicht etwas, das er nur unterbewusst wahrgenommen hatte. Es hatte keine Bedeutung. Es hatte sich wie eine Art Gedankenvirus bei ihm eingenistet, und sein Unterbewusstsein hatte es während des Schlafs ausgehustet. Nichts, worüber er beunruhigt sein müsste.

Kapitel 2

Nachdem er Kate beim Krankenhaus abgesetzt hatte, in dem sie arbeitete, parkte er vor dem Schnellrestaurant auf der anderen Straßenseite. Kate frühstückte nie, im Gegensatz zu ihm. Vor Jahren schon, als die Kinder noch zu Hause waren, hatten sie es sich angewöhnt, morgens gemeinsam eine Tasse Kaffee zu trinken, danach gingen sie ihre eigenen Wege. Und jetzt war es so, dass er sich, wenn er sie um sieben Uhr beim Krankenhaus abgesetzt hatte, im Schnellrestaurant erst einmal ein ausgiebiges Frühstück gönnte.

Noch immer stärker beunruhigt, als er zugeben wollte, betrat er das Schnellrestaurant und setzte sich an die Theke. In diesem sehr gut besuchten Restaurant herrschte stets ein kaum kontrolliertes Chaos, das seinen Adrenalinspiegel ansteigen ließ. Vorne an der Theke gaben leicht gereizte Kellnerinnen die Bestellungen an die Küche weiter, und gelegentlich konnte Sam auch hören, wie Leon, der Koch, in der Küche einen Schwall Flüche ausstieß, die Sam darüber nachdenken ließen, ob er nicht lieber sein Stammlokal wechseln sollte. Aber er kam immer wieder zurück. Nirgends bekam er seine Eier genau so, wie er sie mochte.

Er nahm eine Zeitung zur Hand, die jemand auf dem Tresen liegen gelassen hatte, und überflog die Schlagzeilen. Janie, die Kellnerin, die ihn normalerweise bediente, wirkte etwas abgelenkt, als sie zu ihm kam. »Morgen, Sam. Sie sind heute aber früh dran.«

»Ja«, murmelte er, ohne aufzusehen, »ich konnte nicht mehr schlafen.«

»Etwas Ruhe würde mein ganzes Leben verändern.«

Jetzt sah er sie an. Sie wirkte müde, hatte Ringe unter den Augen und Falten, die ihm vorher gar nicht aufgefallen waren. Er überlegte, wie alt sie wohl war. Vierzig? Fünfundvierzig? »Ach ja? Sie konnten also auch nicht schlafen?«, fragte er.

Sie runzelte die Stirn und starrte ihn an. »Wie bitte?«

»Ich meinte nur, wegen dem, was Sie über die Ruhe gesagt haben.«

Sie zog die Augen zusammen. »Sam, ich habe nur gesagt, dass Sie heute früh dran sind. Geht es Ihnen auch bestimmt gut?«

Er starrte sie einen Augenblick lang an. Hatte er sie nicht etwas über Ruhe sagen hören? Er schüttelte den Kopf. »Wie auch immer. Ich nehme das Übliche.«

Verwirrt beobachtete er, wie sie seine Bestellung an den genervten Koch weitergab.

Die Stimme einer Frau zwei Stühle weiter lenkte ihn von Janie ab. »Die Schwerkraft ist bei mir ausser Kraft gesetzt und ich werde hinaus ins Universum schweben.«

Amüsiert sah Sam zu ihr hinüber. »Das ist eine neue Variante des Ausspruchs: ›Haltet die Welt an, ich möchte aussteigen.‹«

Verwirrt sah die Frau ihn an. »Was ist los?«

Sein Lächeln verschwand. »Es tut mir Leid. Ich dachte, Sie würden mit mir sprechen.«

Mit zitternder Hand berührte sie ihr Haar. »Ich habe gar nichts gesagt.«

»Oh«, erwiderte er. »Tut mir Leid.« Er zwang sich, wieder in die Zeitung zu sehen. Nach einer Weile hörte er die Stimme erneut.

»Ich werde ins Universum gezogen werden und niemand wird bemerken, dass ich fort bin.« Er sah die Frau wieder an. Tränen standen ihr in den Augen, und er wusste ohne jeden Zweifel, dass diese hoffnungslosen Worte von ihr gekommen waren.

Er räusperte sich und beugte sich zu ihr hinüber. »Entschuldigen Sie, aber … haben Sie denn ... dieses Mal mit mir gesprochen?«

Sie wirkte verärgert. »Ich habe mit niemandem gesprochen. Ich sitze einfach nur hier und kümmere mich um meine eigenen Angelegenheiten.«

Jetzt wurde er langsam ärgerlich. Wem wollte sie hier etwas vormachen? Er war sicher, dass er sie gehört hatte. »Aber Sie haben doch etwas gesagt!«

»Nein!«

In diesem Augenblick brachte Janie sein Frühstück. »Sam, Sie verärgern mir doch nicht etwa die Gäste, oder?«, fragte sie augenzwinkernd.

Er schüttelte den Kopf. Diese Frau verursachte ihm eine Gänsehaut. »Anscheinend habe ich Halluzinationen oder so etwas. Ich werde mich an den Tisch dort drüben setzen.«

Janie nickte. Er stopfte sich die Zeitung unter den Arm, nahm seinen Teller und den Kaffee und ging zu einer leeren Bank in der Ecke. Das Lokal füllte sich mit Schwestern und Medizinstudenten aus dem Krankenhaus auf der anderen Straßenseite. Normalerweise sah er jeden Tag dieselben Leute, aber nur selten sprach er mit einem von ihnen.

»ES HAT EINFACH KEINEN ZWECK«, sagte der Mann am Nebentisch.

Sam sah über die Schulter. »Was denn?«

Der Mann warf ihm einen irritierten Blick zu. »Wie bitte?«

»Sie haben gesagt, es hätte einfach keinen Zweck. Was denn?«

Der Mann wirkte erschüttert. »Äh ... anscheinend habe ich laut gedacht. Vermutlich bin ich übermüdet. Tut mir Leid.«

»Das ist schon in Ordnung«, beruhigte Sam ihn. »Kein Problem.« Er wollte gerade weiteressen, als der Mann erneut zu sprechen begann.

»WENN ICH NUR WEITERE ZEHN MINUTEN GEHABT HÄTTE … WENN MIR NUR JEMAND WIRKLICH ZUGEHÖRT HÄTTE … MICH RICHTIG ANGEHÖRT HÄTTE …«

Sam sah erneut auf. Langsam wurde er ärgerlich. Was hatte der Typ denn? Was dachte er sich dabei, einem Wildfremden sein Herz auszuschütten? Aber der Mann sah ihn überhaupt nicht an – er starrte auf seinen Teller. Die Worte kamen von ihm, aber sein Mund bewegte sich nicht.

»ALLE SIND IMMER IN EILE. NIEMAND HAT ZEIT.«

Langsam wurde Sam klar, dass der Mann überhaupt nicht sprach, genauso wenig wie die Frau oder Janie diese Dinge ausgesprochen hatten. Er lehnte sich angespannt auf seiner Bank zurück. Was passierte mit ihm? Er wusste, dass er nicht träumte. Er war hellwach – er hatte sich sogar am Kaffee die Zunge verbrannt. Alles war ganz normal ... abgesehen von diesen Stimmen.

Er ließ seinen Teller stehen und eilte aus dem Schnellrestaurant zu seinem Wagen. Eine Frau mit einem langen roten Zopf stand daneben. Sie wollte die Straße überqueren. Mit zitternden Händen suchte er am Schlüsselbund nach dem Wagenschlüssel.

»MEINE VERGANGENHEIT BESTIMMT MEIN GANZES LEBEN«, sagte die Frau.

Er drehte sich um. Wieder wurde ihm klar, dass sie diese Worte gar nicht laut ausgesprochen hatte.

»ICH WERDE IMMER DAS SEIN, ZU DEM ER MICH GEMACHT HAT. ICH WERDE DEM NIE ENTKOMMEN KÖNNEN.«

Wie betäubt blieb er eine Weile stehen und hörte auf die Stimme, die aus dem Nichts zu kommen schien. Er sah Tränen in den Augen der rothaarigen Frau glitzern, während sie den vorbeifahrenden Autos nachsah, und er wusste, dass das, was er gehört hatte, tief aus ihrem Innern gekommen war.

Wurde er langsam verrückt?

»MISSBRAUCH IST EIN SO SAUBERES, STERILES WORT«, fuhr sie fort, und ihm wurde klar, dass sich hinter der Aufmerksamkeit, die sie dem Verkehr schenkte, ihre nackte Verzweiflung verbarg. Sie sah in seine Richtung, und er überlegte kurz, ob er zu ihr gehen und etwas sagen sollte wie: *Ihre Vergangenheit hat nicht bereits die Zukunft festgelegt. Es gibt Jesus Christus. Er kann alles verändern.*

Doch er geriet in Panik und stieg schnell in seinen Wagen. Und wenn er Mist baute? Wenn sie ihn für einen jener mit Bibelzitaten um sich werfenden Fanatiker hielt, die den Leuten ihre Überzeugungen aufdrängten, ob sie wollten oder nicht? Und wenn er sich selbst zum Narren machte?

Schließlich überquerte die Frau die Straße. Sie eilte zwischen den Wagen hindurch, wartete nicht mehr auf eine Lücke im Verkehr. Er hörte Reifen quietschen und einen Taxifahrer fluchen, aber die Frau verschwand in der Menge auf dem Bürgersteig. Wie erstarrt saß Sam hinter dem Steuer. Würde ihre Verzweiflung sie in noch größere Gefahr bringen, wenn sie das nächste Mal die Straße überquerte? Würde ihre Todessehnsucht erfüllt werden?

Und wie um Himmels Willen kam es, dass er ihre verzweifelten Gedanken gehört hatte?

Reglos saß er am Steuer. Sein Kopf begann zu schmerzen und Tränen traten ihm in die Augen. Seine Hände zitterten zu stark, er konnte den Schlüssel gar nicht ins Schloss stecken.

Er sah auf die Uhr. Es wurde Zeit, dass er sich auf den Weg zur Arbeit machte. An seinem Schreibtisch und in die Arbeit vertieft würde er diesen seltsamen Morgen bestimmt vergessen.

Endlich schaffte er es, den Motor anzulassen. Er fädelte sich in den Verkehr ein und fuhr zu seinem Büro. Im Parkhaus stellte er den Wagen auf den Stellplatz mit der Aufschrift »Sam Bennett, V.P., Simpson-Werbeagentur«. Er stieg aus und atmete die kühle Morgenluft ein. Es musste doch wohl möglich sein, seinen Verstand von diesen Spinnereien zu reinigen und dazu zu bringen, wieder richtig zu funktionieren!

Im Aufzug sprach er mit Jimmy, einem jungen Mann mit Down-Syndrom, der neun Stunden am Tag den Aufzug bediente. »Hallo, Jimmy«, sagte er.

»Hallo, Mister Bennett. Wie geht es Ihnen heute?«

Er senkte den Blick und wartete darauf, dass Jimmy den Aufzug in Bewegung setzte. »Gut, alles bestens.« Während sie in den dreizehnten Stock hinauffuhren, hörte er eine Stimme.

»Ich wünschte, ich wäre ein normaler Mensch.«

Jimmy saß auf seinem Hocker und starrte auf die Knöpfe. Bei seinen einfachen Worten tat Sam das Herz weh. »Jimmy?«, fragte er.

»Ja, Sir, Mister Bennett?«, erwiderte der junge Mann.

»Du bist ein sehr wertvoller Mensch.«

»Ja, Sir, Mister Bennett.«

Verwirrt und nicht sicher, ob er Jimmy richtig verstanden hatte, trat Sam aus dem Aufzug, sobald die Türen aufglitten. Jimmy hinter ihm rief: »Einen schönen Tag noch, Mister Bennett.«

Sam nickte und winkte flüchtig, dann eilte er zu seinem Büro, wobei er an seiner Sekretärin vorbeikam.

»Morgen, Sam«, grüßte sie. »Wie geht's?«

»Gut, Sally. Irgendwelche Nachrichten bisher?«

»Noch nicht.«

Er blieb an ihrem Schreibtisch stehen und überflog seinen Terminkalender, um zu sehen, welche Verabredungen für heute vorgemerkt waren. Sally zog ihren Stuhl heran und notierte seine Termine auf einem Extrablatt.

»ELF, SECHS, FÜNFUNDSIEBZIG.«

Er starrte sie an und bemerkte, dass sie eifrig schrieb. »Was sagten Sie?«, fragte er.

Sie blickte ihn verwirrt an. »Wie bitte?«

»Haben Sie nicht etwas gesagt? Irgendwelche Zahlen?« Er begann zu schwitzen. Seine Krawatte war viel zu eng gebunden; sie drückte ihm den Hals zu.

»Ich habe gesagt, dass es keine Nachrichten gab.«

»Nein! Danach.«

Langsam erhob sie sich. »Sam, geht es Ihnen auch wirklich gut? Sie sehen etwas blass aus.«

»Mir geht es gut«, gab er kurz zurück. »Vielleicht brauche ich ein Glas Wasser.«

»Ich werde Ihnen eines holen.«

Während sie in den Aufenthaltsraum eilte, verzog sich Sam in sein Büro und setzte sich an seinen Schreibtisch. Das war doch wirklich äußerst verrückt! Es machte überhaupt keinen Sinn. Sally brachte ihm das Wasser und er schüttete es hinunter, doch es half ihm nicht viel.

»Haben Sie Fieber?«, fragte sie und legte ihm mütterlich die Hand auf die Stirn.

»Nein, ich habe nur in der vergangenen Nacht nicht so besonders gut geschlafen. Ich ...« Er runzelte die Stirn und hielt inne. Was sollte er ihr erzählen? Dass er Stimmen hörte? Dass er Halluzinationen hatte? Ha!

Mitten in seine Überlegungen hinein wiederholte sie: »ELF, SECHS, FÜNFUNDSIEBZIG ... SIE MÜSSEN KOMMEN. SIE MÜSSEN EINFACH.«

Sam schnappte nach Luft. »Sie spielen Lotto?«, fragte er.

Die Frage ließ sie zusammenfahren. Sie sah aus, als wäre sie gerade beim Stehlen ertappt worden. »Ich, äh, ich wollte nicht –«

»Nein, nein, Sie brauchen sich nicht zu rechtfertigen«, sagte er und erhob sich. »Mir ist das egal. Ich wollte es nur wissen. Spielen Sie Lotto?«

Einen Augenblick lang wirkte sie verlegen. Nach ein paar Sekunden presste sie die Lippen aufeinander und schob das Kinn vor. »Ja, Sam, das tue ich. Sehen Sie, ich verdiene nicht so viel Geld wie Sie, darum muss ich alle Chancen nutzen.«

»Die Zahlen«, sagte er. »Haben Sie Elf, Sechs und Fünfundsiebzig getippt?«

Fassungslos schnappte sie nach Luft. »Ich wusste es!«, rief sie. »Diese Zahlen werden gewinnen! Zuerst habe ich sie im Radio gehört, das war so eine Quiz-Telefonnummer. Außerdem ist es mein Geburtsdatum! Und auf dem Weg zur Arbeit habe ich elf rote Ampeln und sechs Stoppschilder gezählt, und ich sah einen Vogelschwarm, zu dem bestimmt fünfundsiebzig Vögel gehört haben –«

Sam stöhnte und ließ sich wieder auf seinen Stuhl sinken. »Sally, das ist doch Quatsch. Sie suchen nach diesen Zahlen, aber die Chancen, dass sie gezogen werden –«

»Und wie kommt es dann, dass Sie gerade eben auch diese Zahlenreihe genannt haben? Das ist eine Bestätigung, Sam! Wenn ich vorher nicht sicher war, dann bin ich es jetzt! Der Himmel hat mir diese Zahlen mitgeteilt!«

»Sally, Gott tut ja vieles, aber ich glaube nicht, dass er Lottozahlen zieht. Meinem Verständnis nach ist er nicht besonders für Glücksspiel zu haben.«

»Warten Sie's nur ab«, entgegnete sie. »WENN ICH GEWINNE, WIRD ER SCHON SEHEN, WAS ICH WERT BIN.« Dieses Mal bewegten sich ihre Lippen nicht.

Da war es schon wieder. Einer dieser Gedanken. Er wischte sich den Schweiß von der Stirn und stöhnte unwillkürlich auf.

»Sie sehen sehr mitgenommen aus, Sam«, meinte sie. »Vielleicht sollte ich Kate anrufen. Sie könnte Sie zum Arzt fahren.«

»Ich brauche keinen Arzt. Es ist nur ... ich habe immer diese Stimmen im Ohr!«

»Das ist sehr ernst, Sam. Vielleicht stehen Sie kurz vor einem Hörsturz? Oder es ist das Amalgam! Ich hatte einmal eine Freundin, die auch immer Stimmen gehört hat, und es stellte sich heraus, dass sie mit ihren Zahnfüllungen Radiowellen aufgefangen hat. Sie haben doch keine Amalgamfüllungen, oder, Sam?«

»Es ist nicht so etwas. Es sind ... richtige Stimmen.« Das machte alles keinen Sinn. Es war verrückt, ihr das zu erzählen. Diese Stimmen waren offensichtlich nicht real, denn sonst würde er ja sehen, wie sich die Münder bewegten. Vielleicht träumte er ja doch noch. Vielleicht musste er einfach nur aufwachen.

Aber er hatte nicht das Gefühl, dass es sich um einen Traum handelte. Er erhob sich. »Wissen Sie, vielleicht haben Sie Recht und ich brauche doch einen Arzt.« Mit zitternden Fingern fuhr er sich durchs Haar. »Äh, halten Sie hier während der nächsten Stunden die Stellung für mich, ja? Ich muss ein wenig an die frische Luft.«

»Sicher, Sam. Ihr erster Termin ist erst um elf, also machen Sie sich keine Sorgen.«

Er rannte praktisch in den Flur, doch bevor er den Aufzug erreichte, änderte er seine Meinung. Er wollte nicht schon wieder Jimmy gegenübertreten, darum nahm er die Treppe und rannte die ganzen dreizehn Stockwerke hinunter. Schwitzend und außer Atem kam er bei seinem Wagen an. Er musste bloß die nächste Apotheke erreichen und Medizin kaufen. Irgendetwas!

Eine Meile die Straße hinauf befand sich eine riesige Apotheke. So schnell er konnte fuhr er dorthin. Beinahe hätte er einen Fußgänger angefahren, als er abbog. Den Wagen stellte er auf einem Behindertenparkplatz ab und blieb eine Weile am Steuer sitzen. Tatsächlich fühlte er sich so behindert wie jemand, der nicht laufen konnte. Schließlich stieg er aus und betrat das Geschäft.

Er stellte sich hinter einer Frau an. »WIR WERDEN HUNGERN MÜSSEN«, hörte er sie sagen. »ICH WEISS NICHT, WIE ICH DIE KINDER SATT KRIEGEN SOLL.«

Er wusste sofort, dass sie diese Worte nicht laut ausgesprochen hatte. Entsetzt drehte er sich um und rannte beinahe in zwei Teenager hinein, die hinter ihm standen. Sie lachten, als er sich stotternd entschuldigte, doch gleichzeitig hörte er zwei andere Stimmen.

»DER DRUCK ... ER IST EINFACH ZU GROSS.«

»ICH SEHNE MICH NACH JEMANDEM, DER MICH LIEBT.«

Abrupt drehte sich Sam zu einem Regal mit Hustenbonbons um und schnappte sich zur Ablenkung eine Packung. Dabei riss er die anderen mit herunter. Zitternd kniete er sich hin und begann die Schachteln aufzulesen. Eine Frau, die in der Apotheke arbeitete, trat zu ihm und begann, ihm zu helfen. »Geht es Ihnen gut? Alles okay?«

»Ja ... prima ... war nur etwas ungeschickt ...« Er sprang auf und versuchte, die Schachteln wieder im Regal zu verstauen.

»ICH BIN EIN NIEMAND. ER SIEHT MICH NICHT EINMAL AN«, ertönte eine Stimme.

Er redete sich ein, er würde nicht hören, was er hörte, und eilte zur Kasse. Mit klopfendem Herzen wartete er darauf, dass der Mann, der inzwischen dort stand, bezahlte und er die Apothekerin nach einem Medikament fragen konnte.

»ICH VERMISSE MEINE FAMILIE. WAS HABE ICH GETAN?« Der Mund des Mannes war grimmig zusammengezogen, als er seine Geldbörse herausnahm.

Sam versuchte, die Packung Bonbons zu öffnen, doch seine Hand zitterte zu stark. Er hörte die Kassiererin sagen: »DAS IST ALSO ALLES. DAS SOLL MEIN LEBEN SEIN?«

Als ihm klar wurde, dass kein Medikament der Welt im helfen würde, legte er die Bonbons wieder weg, zwängte sich an seinem Vordermann vorbei und rannte zu seinem Wagen.

Er stieg ein, schloss die Tür und blieb eine Weile schwer atmend sitzen. Er wollte am liebsten nicht wieder aussteigen. Er konnte nicht das Risiko eingehen, sich unter Menschen zu wagen, wenn er immer diese Stimmen hörte.

Er brauchte Hilfe. Jemand, mit dem er sprechen konnte. Jemand, der ihm erklärte, was da mit ihm passierte. John fiel ihm ein, sein Pastor. John hatte ihm immer zugehört, schon lange bevor Sam sich zum Glauben an Gott bekehrt hatte. Er war ein guter Zuhörer. Nichts konnte John schockieren, nicht einmal Sams ziemlich bunte Vergangenheit.

Er fädelte sich in den Verkehr ein und raste so schnell er konnte zu seiner Gemeinde.

Kapitel 3

John hatte gerade seinen Wagen abgeschlossen, als Sam auf den Parkplatz der Gemeinde abbog. Es schien ihm schon spät zu sein – bestimmt mitten am Vormittag. Aber als der Pastor ihm zuwinkte, wurde Sam klar, dass es noch keine acht Uhr war. Die anderen Angestellten des Gemeindebüros waren noch nicht da.

Er stieg aus und lehnte sich müde gegen seinen Wagen. John kam zu ihm. »Sam, geht es dir gut?«

»Nein«, erwiderte er. »Nein, mir geht es nicht gut. Können wir unter vier Augen miteinander sprechen?«

John sah sich um, als wollte er sagen, dass sie doch allein wären, doch dann sagte er: »Sicher. Wir ziehen uns in mein Büro zurück.«

Sam nahm sich zusammen, während John die Tür aufschloss und zu seinem Büro ging. Schon lange hatte er Johns Büro nicht mehr betreten, nicht mehr, seit er vor drei Jahren geholfen hatte, den Raum zu renovieren. Er ging hinein und ließ sich auf den Stuhl vor Johns Schreibtisch sinken.

John nahm den Stuhl neben ihm und sah ihn besorgt an. »Also, Sam, was ist los?«

»Ich höre Dinge«, platzte Sam heraus. »Überall ... höre ich Stimmen. Sie sprechen ständig mit mir, jeder Mensch, an dem ich vorbeigehe. Aber niemand bewegt die Lippen. Trotzdem höre ich es ganz deutlich. Ich glaube, ich verliere den Verstand!«

John richtete sich auf. »Was sind das für Stimmen?«

Sam erhob sich, ging zum Fenster und sah hinaus. Er fuhr sich mit den Fingern durch die Haare. »Einfach … Stimmen eben. Wie Gedanken.«

»Sprechen sie dich direkt an?«

»Nein, eigentlich nicht. Es ist … eigentlich hat das, was sie sagen, gar nichts mit mir zu tun. Ich höre das bloß. Als würde ich den Gedanken der Leute lauschen …«

Er sah den verwirrten Ausdruck auf dem Gesicht des Pastors. Kein Wunder. Er musste sich ja anhören wie jemand, der unter Drogen stand.

»Sam, wie lange geht das schon so?«

»Seit ich heute aufgewacht bin.« Er erinnerte sich an den Traum und zog die Augenbrauen in die Höhe. Schnell eilte er zu seinem Stuhl zurück. »Gestern Nacht hatte ich einen komischen Traum. Er war so real, John. Von einer Frau, die ihr ganzes Haus nach Geld absuchte.«

»Geld? Sam, hast du finanzielle Probleme?«

»Nein! Es ging nicht um Geld. Es war nur eine kleine Münze. Sie hat sie schließlich gefunden und fing an zu feiern, als sei das eine große Sache. Das machte keinen Sinn. Aber ich stand dabei, gehörte dazu und doch nicht dazu … und ich fragte mich, wieso sie einen solchen Aufstand um eine wertlose Münze machte.«

John lehnte sich zurück und nickte, als hätte er das schon einmal gehört. »Sam, bist du gestern Abend vielleicht beim Bibellesen eingeschlafen? Hast du zufällig Lukas 15 gelesen?«

Sam schüttelte den Kopf. »Lukas 15? Nein. Warum?«

»Weil ich gestern in meiner Predigt davon gesprochen habe. Erinnerst du dich?«

Sam wünschte, er hätte besser aufgepasst. »Nein … hilf mir auf die Sprünge.«

John wirkte nicht überrascht. »In Lukas 15 erzählt Jesus von einem verlorenen Groschen, einem verlorenen Schaf und einem verlorenen Sohn. Es hört sich so an, als hättest du meine Predigt vielleicht im Traum verarbeitet.«

Sam sah auf seine Fußspitzen hinab. Er hatte nicht gedacht, dass diese Geschichte in der Bibel stand – schon lange hatte er nicht mehr im Lukasevangelium gelesen. Dann fiel ihm das fremdartige Wort wieder ein, das ihn so beschäftigt hatte. »Ich wachte auf, und ich weiß, dass ich wach war ... und da war diese Stimme ... Sie hatte so viel Macht und Autorität, als hätte Gott selbst gesprochen ... und er sagte ein Wort in einer fremden Sprache.«

John zog die Augenbrauen hoch. »Was hat er gesagt?«

»*Effata,* glaube ich. Irgend so etwas. Weißt du, was das bedeutet?«

»Nein.« John dachte einen Augenblick nach. »Das ist also die Stimme, die du gehört hast? Und darum glaubst du, du würdest verrückt?«

»Nein, es ist nicht nur das.« Sam erhob sich erneut und schritt durch den Raum. Mit den Fingern fuhr er sich durch sein schweißfeuchtes Haar. »Ich saß in dem Schnellrestaurant, in dem ich morgens immer frühstücke, und plötzlich hörte ich die Kellnerin reden. Ich sah auf, und sie hatte gar nichts gesagt. Und die Dame neben mir ... sie sagte, die Schwerkraft würde sie loslassen, und sie würde hinaus ins Universum fliegen, und niemand würde es bemerken. Ich sah sie an, und John, sie hatte kein Wort gesprochen. Sie starrte nur in ihre Kaffeetasse. Und dann der Mann am Tisch und die Frau, die die Straße überquerte, und der Junge im Aufzug, und meine Sekretärin ...«

»Du hast alle ihre Gedanken gehört?«

»Nein, ich glaube nicht, dass es ihre Gedanken waren. Eher ... ihre Gefühle, glaube ich. Ich weiß auch nicht.« Er setzte sich wieder. »John, du musst mir helfen. Ich weiß nicht, was ich tun soll.«

John atmete tief durch. Beunruhigt erhob er sich und kam um seinen Schreibtisch herum. »Sam, du solltest zu einem Therapeuten gehen. Du musst unbedingt mit einem Fachmann sprechen.«

»Zu einem Seelenklempner?«, fragte Sam. Er erinnerte sich daran, wie er am Morgen zu seiner Frau gesagt hatte, sie brauche wohl psychiatrische Hilfe. Er hatte das nicht ernst gemeint, aber John war es durchaus ernst damit. Diese Vorstellung gefiel Sam gar nicht, aber er würde alles tun, um dieser Sache auf den Grund zu gehen. Ein Psychiater war vielleicht mit solchen Phänomenen vertraut. Vielleicht gab es ja eine logische Erklärung dafür. Eine Lebensmittelvergiftung oder ein Schlag auf den Kopf, den er vergessen hatte. Vielleicht könnte jemand vom Fach dafür sorgen, dass die Stimmen verstummten. »Ja, vielleicht«, sagte er, während er noch seine Möglichkeiten überdachte. »Das ist gut. Vielleicht kann er mir helfen.«

John suchte in seinem Karteikasten nach einem Namen, nahm einen Zettel und schrieb die Telefonnummer darauf.

»Ich gehöre nicht in dieses Amt. Niemand hat etwas davon, dass ich hier bin. Ich kann nichts bewirken.«

Sam sah auf. »Doch, das tust du.«

John hörte auf zu schreiben. »Was?«

»Du bewirkst doch etwas. Du bewirkst ganz bestimmt etwas. Du denkst doch nicht etwa daran, dein Amt aufzugeben, nur weil solche Blödmänner wie ich –?«

John wurde leichenblass. Wie betäubt saß er auf seinem Stuhl und starrte Sam an, der verstummte.

Und da wurde Sam klar, was passiert war. »Du hast gar nichts gesagt, nicht? Du hast es gedacht oder gefühlt. Ich habe es gehört, John. Verstehst du jetzt?«

John war genauso fassungslos wie Sam. »Ich habe mit niemandem darüber gesprochen«, sagte er. »Nicht einmal mit meiner Frau. Es ist mir nur durch den Sinn gegangen ....«

»Ich habe es gehört, John! Ich erfinde das nicht einfach! Verstehst du jetzt, was ich durchmache?«

Nun begann auch John zu schwitzen. Er rieb sich nachdenklich das Kinn und starrte Sam an. Langsam erhob er sich, kam erneut um den Schreibtisch herum und setzte sich auf den Stuhl neben Sam. »Sam, kannst du hören, was ich im Augenblick denke? Konntest du die Bestellungen der Leute im Schnellrestaurant hören, bevor sie sie gesagt haben?«

Sam schloss die Augen und versuchte zuzuhören. Es hatte keinen Sinn. Er konnte nicht auf Befehl »hören«. Er hatte keine Gewalt über das, was ihm passierte. »Nein, so … so ist das nicht. Ich kann keine Gedanken lesen. Es ist eher, dass ich ... Bedürfnisse höre. Bestimmte Nöte. Es ist wie ... wie das, was du am Sonntag in der Kirche gesagt hast, über das, was passieren könnte, wenn wir die geistlichen Bedürfnisse der Menschen hören würden.«

John lehnte sich auf seinem Stuhl zurück und schwieg einen Augenblick. »Ich dachte am Sonntag, du würdest gar nicht zuhören.«

»Das habe ich auch nicht wirklich«, gestand Sam. »Irgendwie fiel es mir heute Morgen wieder ein. Nachdem Gott dieses Wort gesagt hatte.«

»Du hast wirklich den Eindruck, dass es Gott war?«

Erneut bemühte er sich, logisch darüber nachzudenken, aber er kam wieder zu derselben Schlussfolgerung. »Ja, ich glaube wirklich, dass es Gott war. Ich meine, denk doch mal darüber nach. Ich träume von Lukas 15, höre ein Wort in einer anderen Sprache, erinnere mich an einen Teil aus deiner Predigt ... So etwas passiert mir doch sonst nie.«

»Vielen Dank«, meinte John trocken.

»Und dann fange ich an, alle diese Dinge zu hören ...«

John ging zu seinem Bücherregal und holte seine Konkordanz hervor. »Wie hieß das Wort noch mal?«

»*Effata* oder so ähnlich.«

»*Epitheton*?«

»Nein, das war es nicht. Ganz bestimmt nicht.«

»*Epha?* Das ist eine Maßeinheit.«

»Nein. Es war noch eine Silbe mehr, glaube ich. Lass mich mal sehen.« Er nahm das Buch und sah die Wörter durch. »*Epher, Ephesus, Ephod* ...« Plötzlich riss er die Augen auf, als er auf das Wort stieß. »*Effata!* Das ist es! John, das ist das Wort.«

John nahm das Buch zur Hand. »Es steht in Markus 7, Vers 34.« Er holte seine Bibel, überflog die Verse, dann ließ er sich wieder auf seinen Stuhl sinken. »Wow.«

»Was ist?« Sam nahm ihm die Bibel aus der Hand und fand den Vers. Langsam begann er zu lesen. »*Er blickte zum Himmel empor, stöhnte und sagte zu dem Mann: ›Effata!‹ Das heißt: ›Öffne dich!‹ Im selben Augenblick konnte der Mann hören; auch seine Zunge löste sich, und er konnte richtig sprechen.*« Sam runzelte die Stirn. »Was versucht Gott mir zu sagen?«

»Sieh dir doch den Kontext an«, forderte John ihn auf. »Sie hatten einen taubstummen Mann zu Jesus gebracht. Und Jesus spuckte auf seine Finger, steckte sie in die Ohren des Mannes und sagte: ›*Effata!* Sei geöffnet.‹ Und der Mann begann zu hören und zu sprechen.«

»Aber was hat das mit mir zu tun? Ich habe doch keine Probleme mit dem Hören.«

John bekam diesen Ausdruck in die Augen, den er immer hatte, wenn er meinte, das Wirken des Heiligen Geistes zu spüren. Offensichtlich war er sehr aufgeregt. »Verstehst du denn nicht, Sam? Aus irgendeinem Grund ist der Herr gestern Nacht zu dir gekommen. Er hat dir die Ohren geöffnet. Ist es möglich, dass du hörst, was sonst nur der Heilige Geist hört? Laut ausgesprochen?«

Sam dachte über die Dinge nach, die er gehört hatte und begann langsam zu nicken. »Ich habe eine Frau gehört, die nicht für ihre Familie sorgen konnte, eine andere Frau, die glaubte, ihrer Vergangenheit niemals entfliehen zu können, jemand, der glaubte, er sei ein Niemand, unbedeutend ...«

»Geistliche Nöte. Genau wie Gott sie hört.«

Darüber dachte Sam einen Augenblick nach. »Ja, ich denke schon. Aber ... warum ich? Warum hat Gott ausgerechnet mir diese Last auferlegt?«

»Sam, das ist doch keine Last! Das ist ein Geschenk!«, widersprach John. »Was würde ich dafür geben, es zu bekommen!«

»Aber warum ich? Warum nicht jemand wie du, der anderen von Jesus erzählen kann? Jemand, dem es keine Mühe macht, von seinem Glauben zu sprechen?«

»Wir alle sollen anderen von Jesus erzählen, ob uns das nun leicht fällt oder nicht, Sam. Genau darüber habe ich doch am Sonntag gepredigt. Wir alle sollen hinausgehen mit einer ganz großen Dringlichkeit, weil die Menschen verloren sind und niemand da ist, der sie findet!«

»Aber ich kann das nicht!«, rief Sam. »Ich bin doch nur ein ganz gewöhnlicher Mensch! Ich bin kein Prediger. Ich habe nie eine Bibelschule besucht! Was soll ich denn tun? An den Straßenecken predigen? Herumlaufen und Jesus von den Berggipfeln verkündigen?«

»Ja!«, erwiderte John und sprang auf.

Sam stieß einen ungläubigen Seufzer aus und lehnte sich auf seinem Stuhl zurück. »John, du musst mir helfen. Ich kann das nicht.«

»Sicher kannst du«, widersprach John und beugte sich zu ihm hinüber. Ermutigend legte er ihm die Hand auf die Schulter. »Sam, wenn du Christ bist, kannst du das. Du hast eine wundervolle Gabe bekommen, und der Herr verteilt niemals eine Gabe, wenn er den betreffenden Menschen nicht auch dazu ausrüstet, sie zu gebrauchen.«

»Aber das ist verrückt. Kate wird mich in die Irrenanstalt bringen.«

»Nicht, wenn sie hört, wie du ihre tiefsten geistlichen Nöte in Worte kleidest, wie du das gerade bei mir getan hast. Die Leute werden dir zuhören, Sam! Sie wollen nichts mehr als die Erfüllung ihrer tiefsten Bedürfnisse – sie werden *wollen*, dass du mit ihnen sprichst! Hast du überhaupt eine Ahnung davon, was für ein außergewöhnliches Geschenk du da bekommen hast?«

Sam hatte plötzlich keine Kraft mehr. Er barg sein Gesicht in seinen Händen und begann zu weinen, wie er es seit der Beerdigung seiner Mutter vor Jahren nicht mehr getan hatte. Das war zu viel für einen Menschen.

John legte Sam die Hand auf die Schulter. »Sam, ich möchte für dich beten. Diese Aufgabe erscheint dir zu groß, ich weiß. Aber Gott hat sie dir übertragen. Du musst ihm danken und ihm bekennen, dass du es allein, ohne ihn, nicht schaffen kannst. Es ist *seine* Kraft.«

Das war richtig; Sam hatte damit nichts zu tun. Nur Gott hatte sich so etwas Ungewöhnliches ausdenken können. Er neigte den Kopf und hörte zu, wie John für ihn betete. Er wünschte, er hätte glauben können, dass Gott ihm die richtigen Worte und Mut geben würde, so dass Sam jedem, dem er begegnete, sagen könnte, wie seine Bedürfnisse erfüllt werden könnten. Aber es fiel ihm schwer, sich in dieser Rolle zu sehen. Seit wann war Sam Bennett ein Evangelist? Nachdem John sein Gebet beendet hatte, blickte Sam ihn hilflos an.

»Sam, ich werde dir helfen«, versprach John. »Wie wäre es, wenn wir uns den Tag frei nehmen? Wir könnten uns irgendwo hinsetzen. Du sagst mir einfach alles, was du hörst. Von da an übernehme ich. Ich zeige dir, wie du dich Gottes Führung überlassen kannst.«

Sam spürte, wie er zum ersten Mal an diesem Tag ruhiger wurde. Mit Tränen in den Augen blickte er John an. »Das würdest du tun?«

»Natürlich. Ich kann es kaum erwarten zu sehen, wie das funktioniert.«

Resigniert breitete er die Hände aus. »In Ordnung. Wohin wollen wir gehen?«

John überlegte einen Augenblick. »Wie wäre es mit dem Busbahnhof? Zu dieser Tageszeit herrscht dort manchmal viel Betrieb. Denk an all die verlorenen Seelen. All diese Stimmen!«

»Nein.« Sam schüttelte entschlossen den Kopf. »Das kann ich nicht aushalten. Ich ertrage nur ein paar auf einmal. Lass uns irgendwo hingehen, wo ich mich auskenne. Wir gehen in das Schnellrestaurant am Krankenhaus.«

»In Ordnung«, erwiderte John. »Ich schreibe nur eben eine Notiz für die anderen.«

Doch auf dem Weg zu Johns Wagen verließ Sam der Mut. Er hatte das Gefühl, dass Gott mit dieser Idee seinen ersten Fehler gemacht hatte.

Kapitel 4

DA SAM SO AUFGEWÜHLT WAR, setzte John sich ans Steuer und fuhr nach Sams Anweisungen zu dem Schnellrestaurant. Um diese Uhrzeit herrschte noch mehr Betrieb als zu der Zeit, als Sam dort gefrühstückt hatte. Sam sah auf seine Uhr und stellte erstaunt fest, dass es erst halb zehn war. Dieser Morgen hatte wirklich ungewöhnlich früh für ihn begonnen.

John folgte Sam in das Lokal und sah sich nach einem Sitzplatz um. Janie, die Kellnerin, sprach ihn an. »Wie gut, dass Sie zurückgekommen sind, Sam! Sie sind heute Morgen davongerannt, ohne zu bezahlen.«

Das war Sam gar nicht aufgefallen. Verlegen drängte er sich zur Theke durch. »Tut mir Leid, Janie. Ich war nicht richtig beieinander. Aber Sie wussten doch, dass ich zurückkommen würde, nicht?«

»Sicher«, winkte Janie ab. »Sie haben mich noch nie betrogen.« Sie deutete auf den Tisch in der Ecke. Zwei Pfleger aus dem Krankenhaus standen gerade auf, um zu gehen. »Nehmen Sie doch den Tisch dort drüben. Ich rufe Joe, damit er den Tisch für Sie abwischt. Joe!«

John sah sich neugierig um, nachdem sie an dem verschmierten Tisch Platz genommen hatten. Sam deutete auf Janie. »Ihre Stimme habe ich heute Morgen gehört.«

»Was hat sie gesagt?«, fragte John.

»Irgendetwas über Ruhe. Dass Ruhe ihr ganzes Leben verändern könnte. Das klang mir nicht wie ein geistliches Bedürfnis, oder?«

John überlegte einen Augenblick. »Jesus hat gesagt: ›Kommt alle zu mir; ich will euch Ruhe geben.‹«

Sam rieb sich das Kinn. »Tja, das hat er gesagt, nicht?«

»Hast du ihr das denn ausgerichtet?«

»Nein, ich habe nichts gesagt. Ich wusste ja gar nicht, was passierte. Ich war vollkommen verblüfft, als mir klar wurde, dass sie kein Wort gesagt hatte. Und dann hat die Dame neben mir gesagt, die Schwerkraft würde sie nicht mehr halten und –«

»Ist sie hier?«

Sam sah sich um. »Nein, sie ist fort.«

»Und was hast du ihr geantwortet?«

Sam brummte verärgert. »Nichts. Sie wurde ärgerlich, als ich es versuchte, darum habe ich mich an einen anderen Tisch gesetzt.«

»Oh.« Ganz offensichtlich war John enttäuscht. »Hast du mit irgendjemandem über das gesprochen, was du gehört hast?«

»Natürlich nicht. Sie hätten bestimmt die Polizei geholt oder so etwas.« Er starrte seinen Pastor an und fragte sich, was er wohl erwartete.

»Und was hörst du jetzt?«, fragte John

Sam atmete tief durch und lehnte sich zurück.

»Ich schaffe das nicht allein.« Die Stimme ließ ihn zusammenfahren. Als er sich umdrehte, entdeckte er eine noch sehr junge, hochschwangere Frau mit einem Kleinkind am Nebentisch.

Er wandte sich wieder zu John um und legte die Hand über den Mund. »Die junge Frau neben uns – sie sagte, sie würde es nicht allein schaffen.«

Johns Augen blitzten auf wie die eines Kindes vor dem Tor eines Vergnügungsparks. »Geh und sag ihr, das brauchte sie auch nicht.«

Sam rutschte auf seinem Platz herum. Er bedauerte, John in die Sache eingeweiht zu haben. »Das kann ich nicht!«

»Warum nicht?«

»Einfach so. Sie weiß doch gar nicht, dass ich ihre Gedanken gehört habe. Sie wird denken, es wäre eine Masche, um sie anzumachen.«

»Nein, das wird sie nicht. Wenn du zu ihr gehst und ihr tiefstes geistliches Bedürfnis ansprichst, denkst du, sie würde dich abweisen?«

»Na ja, nein, aber ... was soll das, John? Ich komme jeden Tag hierher. Ich kenne einige dieser Leute. Sie sollen nicht anfangen, mich für einen Psychopathen zu halten.«

John sah ihn enttäuscht an. »ER HAT KEIN EINZIGES WORT VON DEM WIRKLICH GEHÖRT, WAS ICH GESAGT HABE.« Die Worte kamen nicht über seine Lippen, und Sam wurde rot.

Er beugte sich vor und blickte seinem Pastor in die Augen. »Ich habe sehr wohl gehört, was du gesagt hast, John. Hör auf zu denken, du seist ein Versager, nur weil ich nicht Billy Graham bin.«

»Gott verlangt von dir gar nicht, Billy Graham zu sein«, erwiderte John. »Sam, warum hat Gott dir deiner Meinung nach diese Fähigkeit gegeben?«

»Ich weiß es nicht. Das habe ich mich auch schon den ganzen Morgen gefragt. Ich schätze, das ist die Strafe für meine Lauheit oder so.«

»Es ist keine Strafe«, flüsterte John. »Es ist eine wunderbare Gabe. Wovor hast du Angst?«

»Ich weiß es nicht. Vermutlich, dass ich die Menschen verwirre. Ihnen etwas Falsches erzähle. Dass sie mich für einen Spinner halten. Dass ich sie vor den Kopf stoße und verhindere, dass sie sich mit Gott auseinander setzen, nur weil sie mich für einen Bibel schwenkenden Fanatiker halten.«

John schien tief in ihn hineinsehen zu können. Sam gefiel das überhaupt nicht. »Darum geht es doch eigentlich gar nicht, nicht wahr, Sam?«

»Hast du auch diese Gabe?«, fragte Sam. »Du denkst, du kannst in mein Herz sehen und erkennen, was ich fühle? Nun, dann erzähl du mir doch, was es ist.«

John hielt Sams Blick stand. »Ich denke, dir ist das peinlich. Du schämst dich.«

»Ich schäme mich!?« Er überlegte, ob er aufstehen sollte und in gerechtem Zorn aus dem Lokal stürmen. »Ich schäme mich meines Glaubens nicht!«

»Wie oft hast du denn mit Leuten darüber gesprochen?«

»Sehr oft!«, erwiderte Sam. »Sie können es außerdem an meinem Leben erkennen. Die Leute wissen, dass ich mich im Geschäft anders verhalte als sie. Ich gehe freundlich mit allen um und haue niemanden übers Ohr. Sie wissen, dass ich in der Gemeinde aktiv bin. Sie wissen es einfach, okay?«

»Aber wie oft hast du mit ihnen tatsächlich darüber gesprochen? Mit Worten? Wie viele Menschen hast du zu Christus geführt?«

»Keinen, von dem ich wüsste, aber das bedeutet nicht, dass ich mich meines Glaubens schäme. Es bedeutet nur, dass sich keine Gelegenheit ergeben hat.« Er blieb stehen und starrte seinen Pastor an. Selbst ohne seine Gabe wusste Sam, was John dachte. Sam machte Ausflüchte. Er rieb sich das Gesicht. »Sieh mal, John, nichts wäre mir lieber als sagen zu können, ich hätte eine Reihe von Leuten zu Christus geführt. Jeder Christ wünscht sich das. Aber ich bin nicht wie du. Das ist nicht meine Art. Ich bin nicht so mutig. Ich meine, was ist, wenn ich nun hinübergehe und anfange, dieser Frau von Jesus zu erzählen, und sie stellt mir eine theologische Frage, die ich nicht beantworten kann, weil ich ehrlich gesagt nicht so viel in der Bibel lese?«

»Kennst du Jesus?«, fragte John.

Sam blickte ihn erstaunt an. »Ja sicher, John! Wie kannst du mich so etwas fragen? Du selbst hast mich doch getauft. Ich bin vielleicht nicht der großartigste Christ, der je auf dieser Erde gelebt hat, aber ich habe wirklich eine Beziehung zu Christus.«

»Dann erzähl ihr davon«, forderte John ihn auf. »Das ist alles, was sie im Augenblick braucht. Das ist alles, was *du* im Augenblick wissen musst.«

Sam konnte kaum glauben, dass John ihn so drängte. Hielt er das wirklich für so einfach? »Ich weiß nicht einmal, wie ich ein Gespräch anfangen soll. Soll ich mich einfach an ihren Tisch setzen und ihr sagen, dass sie das nicht allein durchzustehen braucht? Und wenn ihr nicht einmal klar gewesen ist, dass sie so etwas gedacht hat? Wenn –«

Johns Augen lachten ihn an. »Weißt du, Sam, Satan braucht gar nichts zu tun, um dich an der Ausübung deiner Gabe zu hindern. Du machst das schon selbst.«

Sam lehnte sich gegen die Bank. »Oh, das ist gemein. Das ist wirklich gemein, John.«

»Warum, meinst du, lässt Gott dich diese Stimmen hören?«

Er ballte die Hände. »Um mich verrückt zu machen.«

»Nein«, widersprach John. »Ganz offensichtlich möchte er, dass du darauf reagierst. Du würdest diese Dinge nicht hören, wenn du nicht irgendwie darauf eingehen solltest.«

»Du meinst also, dass ich jedes Mal, wenn ich diese Stimmen höre, eine Art Amateurpredigt halten sollte?«

»Vielleicht.«

»Im Supermarkt habe ich bestimmt sechs Stimmen auf einmal gehört. Sollte ich vielleicht auf eine Palette klettern und anfangen, diese Leute anzupredigen?«

»Keine Ahnung.«

»Ach komm, John!«

John sah hinüber zu der Frau, und Sam folgte seinem Blick. Sie fütterte das Kind von ihrem Teller, während sie mit der anderen Hand über ihren Bauch strich. »ICH HABE ANGST«, hörte Sam sie sagen, obwohl sie das natürlich nicht gesagt hatte. »ICH WILL DAS NICHT.«

Er fragte sich, ob sie auf dem Weg ins Krankenhaus oder zu einer Verabredung war. Ob sie wohl einen Ehemann hatte. Ob sie wirklich allein war, oder ob sie sich nur allein fühlte. Und plötzlich vergaß er John und ihren Streit.

John hatte ihn offensichtlich auch vergessen. Der Pastor stand auf.

Sam ergriff seinen Arm. »Wo gehst du hin?«

»An den Nebentisch, um mit der jungen Frau zu sprechen«, flüsterte er.

Sam ließ ihn los und beobachtete, wie John sie ansprach. »Hallo, mein Name ist John Ingalls. Ich bin Pastor der Kirche drüben in der Post Road«, stellte er sich höflich vor, »und ich habe gerade dieses süße kleine Mädchen bewundert. Ein wirklich bezauberndes Kind!«

Die junge Frau lächelte. »Vielen Dank.«

»Hätten Sie etwas dagegen, wenn ich mich eine Sekunde zu Ihnen setzen würde? Ich würde gern mit Ihnen sprechen, wenn Sie etwas Zeit haben.«

Sie zuckte die Achseln. »Sicher, nur zu.«

Das war's, dachte Sam. An dieser Stelle wäre er aufgefallen. Sie hätte einen Blick auf ihn geworfen und um Hilfe gerufen. Das passierte ihm öfter bei Frauen. Aber John hatte ein freundliches und offenes Gesicht. Schon aus einer Meile Entfernung sah man ihm an, dass er Geistlicher war.

Janie brachte Sam Kaffee, und er rührte sich Zucker und Sahne hinein, während er das Gespräch am Nebentisch verfolgte.

»Ich habe bemerkt, dass Sie unglücklich aussehen«, begann John. »Und ich habe mich gefragt, ob es Ihnen gut geht.«

Sie lachte verbittert auf. »Na, um ehrlich zu sein, nein.«

»Was meinen Sie?«

»Ich habe sozusagen Wehen.«

Sams Kopf fuhr hoch.

»Warum sind Sie dann nicht im Krankenhaus?«, fragte John.

»Ich bin ja schon da gewesen«, erklärte sie. »Man sagte mir, es sei erst der Anfang. Ich solle wiederkommen, wenn die Wehen dichter aufeinander folgen würden. Ich solle ein wenig herumlaufen, mich ablenken ...«

»Haben Sie denn Ihren Mann benachrichtigt?«

Sie schüttelte den Kopf. »Ich habe keinen Mann.«

»Dann wenigstens den Vater des Babys. Gibt es denn nicht –?«

Tränen traten ihr in die Augen, und sie legte die Hand auf den Mund. Das kleine Mädchen sah zu ihr auf, als wären die Tränen ihr vertraut und trotzdem beängstigend.

John beugte sich vor und sah ihr in die Augen. »Bestimmt fühlen Sie sich im Augenblick sehr allein.«

Sam warf John einen Blick zu. Er gebrauchte dieselben Worte, die er von ihr gehört hatte. Sie nickte heftig.

»Haben Sie denn jemand, der auf dieses süße kleine Mädchen aufpasst, während Sie im Krankenhaus liegen?«

Sie fuhr sich über die Augen. »Nein, aber das Sozialamt wird sich ihrer annehmen, bis ich entlassen werde. Ich verstehe nicht, warum sie nicht einfach bei mir bleiben kann. Sie ist wirklich so lieb ...« Ihre Stimme verklang, während sie den Arm um die Schultern des Kindes legte.

John schüttelte den Kopf. »Wissen Sie, meine Frau und ich würden sehr gern für Sie auf das Kind aufpassen, während Sie im Krankenhaus liegen. Wir lieben Kinder, und unser Jüngster ist gerade in diesem Jahr zum College gegangen. Sie könnte bei uns bleiben, solange Sie wollen.«

Dieses Angebot schien sie noch mehr zu beunruhigen. Sie nahm die Hand des Kindes in ihre. »Vielen Dank, aber ich weiß nicht ...«

»Natürlich können Sie mir Ihr Kind nicht einfach so anvertrauen«, erklärte John. »Rufen Sie doch in meiner Gemeinde an und erkundigen Sie sich über mich. Ich könnte meiner Frau Bescheid sagen. Sie würde herkommen, damit Sie sie kennen lernen. Und wenn Sie danach kein gutes Gefühl haben, gehen wir einfach getrennte Wege und lassen Sie in Ruhe.«

Sie starrte ihn an. »Warum wollen Sie so etwas tun? Das Kind eines Menschen bei sich aufnehmen, den Sie überhaupt nicht kennen?«

»Weil ich das Gefühl hatte, dass Sie allein sind und Hilfe brauchen. Und um ehrlich zu sein, ich brauchte einen Vorwand, um Ihnen zu erklären, dass Sie nicht ganz allein sind. Es gibt jemanden, der Sie so sehr liebt, dass Sie es sich gar nicht vorstellen können. Und weil er Sie so sehr liebt, ließ er mich am Nebentisch Platz nehmen, damit ich mit Ihnen sprechen kann.«

Sie sah zum Nebentisch, als wäre Sam derjenige, der sie liebte. »Jemand liebt mich?«, fragte sie beinahe angewidert. »Wer?«

»Jesus Christus«, erwiderte er.

Ihr Gesichtsausdruck veränderte sich, und er entdeckte einen erschreckenden Zynismus in ihrem jungen Gesicht. »Ach, kommen Sie. Das ist doch Quatsch.«

»Nein, hören Sie mir zu«, sprach John weiter, ohne sich auf eine Debatte einzulassen. »Sie sind nicht allein. Sie fühlen sich vielleicht allein, aber es gibt Menschen, die Sie lieben und sich um Sie kümmern, weil Jesus es tut.«

Sie rieb sich ihren Bauch. »Wenn ich das nur glauben könnte.«

»Sie können es glauben«, sagte er. »Weil es wahr ist.«

Das Gesicht der Frau begann sich zu röten und verzog sich, als sie zu weinen begann. Das kleine Mädchen legte den Löffel nieder und starrte seine Mutter an. John berührte die Frau an der Schulter. »Sehen Sie, dieses Gefühl der Einsamkeit kann verschwinden. Wenn Sie heute dieses Baby auf die Welt bringen, könnten Sie ihm eine ganz neue Chance ermöglichen.«

Sie sah hinunter auf ihren Bauch, dann blickte sie das Kind an. »Ich bin nie viel in die Kirche gegangen«, erklärte sie. »Ich habe meiner Kleinen nie etwas aus der Bibel erzählt. Es gibt so vieles, was ich noch lernen müsste.«

»Sie brauchen gar nichts zu lernen, wenn Sie zu Christus kommen«, beruhigte John sie. »Sie brauchen ihm bloß zu sagen, dass Sie ihm Ihr Leben anvertrauen möchten. Wollen Sie das tun?«

Noch immer weinend nickte sie. »Schlimmer als es ist, kann es nicht mehr werden.« Sie schluchzte auf. »Ja, ich möchte es tun.«

John begegnete Sams Blick. SIEHST DU? DAS HÄTTEST DU AUCH GEKONNT. Aber Sam wusste es besser. John war ein Naturtalent. »Lassen Sie uns beten«, schlug John vor.

Sie sah sich verlegen um. »Ich weiß nicht, so in der Öffentlichkeit ...«

»Jesus ist in der Öffentlichkeit für Sie gestorben«, flüsterte John. »Enthalten Sie sich doch diese Liebe nicht vor, nur weil es Ihnen peinlich ist.«

John schloss die Augen, und die Frau folgte seinem Beispiel. Sam hörte, wie John ihr ein Gebet vorsprach, und er war fasziniert zu erleben, wie ein Mensch zu Jesus Christus fand. Kaum zu glauben, dass es so einfach gewesen war. Er hatte gehört, wie manchen Menschen die Tür vor der Nase zugeschlagen worden war, sogar von Verfolgungen. Und dann kam ihm der Gedanke. ICH HABE ES SO LEICHT FÜR DICH GEMACHT, SAM.

Er schnappte nach Luft. Das Gebet war beendet, und er konnte beobachten, wie die Spannung langsam aus dem Gesicht der Frau wich. Unter Tränen lächelte sie. Sie war kaum älter als ein Teenager, ungefähr im Alter seiner Tochter. Bei dem Gedanken an Jennifer machte sein Herz einen Sprung. Sie hatte gerade ihr Studium begonnen. Wenn er sich vorstellte, dass sie einsam und allein in den Wehen liegen würde … wie hatte das der jungen Frau nur zustoßen können?

John sprach auch weiterhin mit ihr, und nach einer Weile stand er auf und ging zum Telefon. Sam wusste, dass er seine Frau anrief und sie bat zu kommen und das kleine Mädchen abzuholen. Er fragte sich, wie oft er wohl schon die Liebe Christi hatte praktisch werden lassen. Vielleicht war es das, dachte Sam. Vielleicht sollten Christen tödliche geistliche Krankheiten heilen, Krankheiten der Seele, genau wie Ärzte.

Als John zurückkam, stellte er Sam vor. »Sam, komm doch einen Augenblick zu uns. Ich möchte dir unser neuestes Familienmitglied vorstellen.«

Sam erhob sich umständlich und ging zu dem Tisch hinüber.

»Sie sind Brüder?«, fragte die Frau.

»Nicht direkt, äh …«, widersprach Sam.

»Brüder in Christus«, erläuterte John. »Und Sie gehören jetzt auch zur Familie!«

Erneut füllten sich ihre Augen mit Tränen, während sie leise lachte. »Ach ja. Richtig.«

Sam nahm an dem Tisch Platz. Er wusste nicht, was er sagen sollte.

Das Kind stand auf. Es hatte eine nasse Hose. »Oh-oh«, sagte die Frau. »Darum müssen wir uns aber kümmern.« Sie erhob sich, die Hand auf ihren Bauch gelegt. »Würden Sie uns bitte einen Augenblick entschuldigen? Ich lasse meine Tasche hier.«

Sam sah die Tasche unter dem Tisch liegen. Ihre Wickeltasche und ihre Handtasche hingen über ihrer Schulter.

»Wenn Sie kurz darauf aufpassen würden, ich bin gleich zurück.«

»Natürlich«, entgegnete John. »Kommen Sie auch klar?«

»Ja sicher. Es dauert vielleicht noch Stunden. Ich werde schreien, falls etwas sein sollte.«

Sie verschwanden in der Toilette, und John grinste Sam an. »Und, was hältst du davon?«

»Erstaunlich«, sagte Sam. »Wirklich erstaunlich.«

»Das hättest du auch gekonnt. Es ist ganz leicht. Du kennst ihre Bedürfnisse. Sprich sie an.«

Aber Sam blieb skeptisch. Es war eine Sache, die Bedürfnisse anderer zu kennen – etwas ganz anderes war es, sie anzusprechen.

»ICH BIN SO SCHMUTZIG.« Die Stimme hinter ihm war so laut, als hätte sie ihm geradewegs ins Ohr geflüstert. Er drehte sich um und entdeckte einen Mann in einem sauberen, gebügelten Anzug, der seine Zeitung las, als wäre alles in Ordnung. »ICH KANN MEIN LEBEN NICHT MEHR ERTRAGEN. ICH BIN DRECKIG, BESCHMUTZT.«

Sam wandte sich John wieder zu. »Der Mann hinter mir«, flüsterte er. »Er sagt, er fühle sich dreckig, beschmutzt.«

John blickte ihn ernst an. »Geh hin und sprich mit ihm, Sam. Erkläre ihm, wie er sauber werden kann.«

Sam schloss die Augen. Er wollte nicht hier sein. Er wollte diese Verantwortung nicht tragen. Er bekam Kopfschmerzen. Er musste sich hinlegen.

»Na los, mach schon«, drängte der Pastor.

Sam rieb sich die Schläfen. »Mach du das besser«, sagte er. »Du hast mehr Erfahrung in diesen Dingen.«

»Sam, rede einfach mit ihm.«

»Und was soll ich sagen?«, fragte er flüsternd. »Wie soll ich anfangen? ›Entschuldigen Sie, aber ich habe unbeabsichtigt gehört, wie Ihre Seele ihre Not herausgeschrieen hat.‹«

»Nein«, widersprach John. »Erzähle ihm einfach, was dir passiert ist.«

Sam seufzte. Die Frau und ihr Kind kamen wieder zu ihrem Tisch zurück. Es war klar, dass John mit ihr über ihren neu entdeckten Glauben sprechen musste. Sam saß in der Falle. Wenn er es nicht tat, würde sein Pastor ihn für einen Feigling halten. Langsam erhob er sich und wandte sich dem Tisch hinter sich zu. »Entschuldigen Sie«, sagte er.

Der Mann sah von seiner Zeitung auf. »Ja?«

»Es tut mir Leid, Sie zu stören«, begann Sam. »Ich ... nun, sehen Sie, ich habe diese Gabe und kann, nun ... Dinge hören ...«

Die Augen des Mannes verengten sich. Er verstand natürlich nicht, was Sam sagen wollte. Er musste sich ja auch anhören wie ein Irrer. Sam legte tapfer die Hand auf die Stuhllehne und begann, ihn zurückzuziehen. »Darf ich?«

Der Mann lehnte sich misstrauisch zurück. »Sicher, machen Sie nur.«

»Nun, sehen Sie, ich habe zufällig etwas gehört ...«

Der Mann wartete schweigend ab.

»... etwas, von dem Sie vielleicht nicht einmal wissen, dass Sie es gedacht haben.« Sam brach ab. Ihm wurde klar, dass er es falsch anpackte. Er brauchte nicht so direkt zu sein.

»Es tut mir Leid, ich verstehe nicht.«

»Natürlich nicht. Äh ... sehen Sie.« Er stützte sich mit den Ellenbogen auf dem Tisch ab und sprach mit leiser Stimme. »Das mag für Sie vielleicht unverständlich sein, aber ich hatte das Gefühl, ich sollte herüberkommen und Ihnen etwas von mir erzählen.«

Der Mann sah aus, als würde er sich innerlich gegen ein Verkaufsgespräch wappnen.

»Vor ein paar Jahren ... habe ich Dinge getan ... mir Dinge angesehen ... Gedanken gehabt, die ... nun, ich fühlte mich richtig schmutzig.«

Der Gesichtsausdruck des Mannes veränderte sich. Sam spürte, dass er ihm nun zuhörte.

»Ich möchte keine Details nennen«, fuhr Sam fort. »Aber es war so, dass ich das Gefühl hatte, mein Leben nicht mehr länger ertragen zu können. Ich kam zu dem Punkt, an dem ich dachte, dass Gott, falls es ihn tatsächlich gibt, mich verachten müsste.«

Der Mann rührte sich nicht. Er hörte zu.

»Und eines Abends saß ich mit meiner Frau zu Hause. Sie ist eine gläubige Christin, und sie hatte mich jahrelang in die Kirche gezerrt ... und da wurde es mir einfach zu viel. Ich begann zu weinen und konnte nicht mehr aufhören. Ich bekannte ihr alles, was ich getan hatte. Meine Frau ... sie stand auf, holte ihre Bibel und schlug sie an einer Stelle auf, die ich noch nie gelesen hatte.« Er zuckte die Achseln. »Natürlich hatte ich sie noch nie gelesen. Im Gottesdienst habe ich nie zugehört, ich passte nie auf, las nie in der Bibel. Aber da stand, dass Christus für uns gestorben ist, obwohl wir Sünder waren.«

Der Mann senkte den Blick auf den Tisch. Seine Hände zitterten. Sam drang zu ihm durch, das war sein Eindruck. Es funktionierte!

»Und da hat es mich gepackt, verstehen Sie, weil ich meine dunkelsten Geheimnisse beichtete und nicht glaubte, dass sie mir jemals verziehen würden. Doch sie erzählte mir, dass jemand für mich gestorben ist, um die Strafe für den ganzen Dreck auf sich zu nehmen, obwohl ich sein Feind war.«

Die Augenlider des Mannes flatterten. Er ballte die Hände zu Fäusten und sah Sam an. »Sind Sie jetzt endlich fertig?«

Sam verließ der Mut. Er hatte gedacht, er »hätte« ihn, aber jetzt wurde klar, dass er zu weit gegangen war. »Nun ... ja. Ich wollte Ihnen das nur sagen, weil –«

»Würden Sie mich dann jetzt in Ruhe weiter essen lassen?«, fragte der Mann sarkastisch.

Sam wusste nicht, was er sagen sollte. Verwirrt strich er sich das Haar aus der Stirn. »Ja, sicher. Natürlich. Aber ... falls Sie sich mal aussprechen wollen oder ...«

»Bei Ihnen?«, fragte der Mann verächtlich. Er lachte auf. »Vielen Dank, Kumpel. Aber falls ich jemals das Bedürfnis hätte, mich auszusprechen, dann bestimmt nicht mit jemandem wie Ihnen, der seine Religion wie billige Uhren anbietet. Ich komme schon zurecht.« Damit faltete er seine Zeitung zusammen und erhob sich.

Sam holte eine Visitenkarte hervor. »Hier, meine Karte. Nur für den Fall, dass –«

Der Mann unterbrach ihn. »Haben Sie nicht gehört, Kumpel? Ich brauche das nicht, was Sie anzubieten haben.«

»Doch, das tun Sie.«

Der Mann begann zu lachen. Kopfschüttelnd warf er ein paar Münzen für das Essen auf den Tisch und verschwand durch die Tür.

Sam hatte das Gefühl, einen Schlag in den Magen bekommen zu haben. Er blieb am Tisch sitzen und ging in Gedanken das Gespräch noch einmal durch, um herauszufinden, was genau falsch gelaufen war.

Nachdem Johns Frau gekommen und das kleine Mädchen mit nach Hause genommen hatte, verließen Sam und John das Schnellrestaurant. Die junge Frau machte derweil einen Spaziergang, um die Wehen zu beschleunigen. »Ich schätze, ich habe ganz schön Mist gebaut, nicht?«, fragte Sam.

John blickte ihn amüsiert an. »Du machst wohl Witze. Du warst großartig.«

»Großartig? Dieser Kerl ist praktisch vor mir davongelaufen. Schlimmer hätte es gar nicht laufen können.«

»Aber das war nicht deine Schuld. Gott hat dir das Bedürfnis des Mannes gezeigt, und du warst gehorsam und bist darauf eingegangen. Wenn er nicht auf dich hören wollte, dann ist das seine Verantwortung, nicht deine.«

»Woher weißt du das?«

Noch bevor Sam wusste, was geschah, hatte John eine kleine Bibel aus der Tasche geholt und schlug das Buch Hesekiel auf. »Hier steht es. Hesekiel, Kapitel 3.« Er schob ihm die Bibel hinüber. »Lies selbst. Die Verse 18 und 19.«

Sam nahm die Bibel und las leise, was da stand. »*Wenn ich dir ankündige, daß ein bestimmter Mensch wegen seiner schlimmen Taten sterben muß, dann bist du dafür verantwortlich, daß er es erfährt und die Gelegenheit bekommt, sich zu bessern und sein Leben zu retten. Warnst du ihn nicht, so wird er zwar sterben, wie er es verdient; aber dich ziehe ich dafür zur Rechenschaft wie für einen Mord.*«

Sam brach ab. Plötzlich fiel ihm die Frau mit dem roten Zopf ein, die an diesem Morgen, ohne auf den Verkehr zu achten, über die Straße gelaufen war. Er hatte ihr nicht gesagt, was er wusste. Wenn sie angefahren worden und gestorben wäre, ohne die Wahrheit erfahren zu haben, würde er dafür zur Rechenschaft gezogen. Er spürte, wie ihm das Blut aus dem Gesicht wich.

»Lies weiter«, forderte John ihn auf. »Nur noch den nächsten Vers.«

»*Warnst du ihn und er hört nicht darauf* ...«

»Wie der Mann, der dich gerade abgewiesen hat«, unterbrach John ihn.

»*... so wird er ebenfalls sterben, du aber hast dein eigenes Leben gerettet.*«

»Du wirst nicht zur Rechenschaft gezogen«, erklärte John, »weil du ihn gewarnt hast.«

»Na, das ist ja prima für mich«, meinte Sam. »Aber was ist mit ihm? Warum wollte er nicht hören, als ich sein geistliches Bedürfnis angesprochen habe?«

»Manche werden nie zuhören«, seufzte John. »Es wird immer Menschen geben, die die Wahrheit ablehnen.«

Sam schloss die Augen und lehnte den Kopf gegen das Fenster. »Ich fühle mich trotzdem wie ein Versager. Wenn ich es anders angepackt hätte ... ihn anders angesprochen hätte ... Wozu ist diese Gabe gut?«

»Der jungen Frau hat sie gut getan«, erwiderte John. »Ich hätte nicht gewusst, was sie brauchte, wenn du es mir nicht gesagt hättest.«

»Trotzdem ... du hattest Recht in Bezug auf mich, John. Ich bin wirklich erbärmlich. Seit zehn Jahren bin ich jetzt Christ, und nicht einmal in diesen zehn Jahren habe ich einen Menschen zu Christus geführt. Und bis vor etwa einer Stunde wollte ich das auch gar nicht.«

»Aber sieh doch mal, ich habe das Gefühl, dass sich das jetzt geändert hat. Mit dieser Gabe führt Gott dich in die ersten Kampfreihen.«

Sam schwieg eine Weile. »Ich weiß nicht, ob ich bereit dazu bin, John.«

»Sam, Gott braucht nicht darauf zu warten, dass du bereit bist. Manchmal wirft er dich einfach ins kalte Wasser. Über Jesus zu reden ist gar nicht so schwer. Du brauchst keinen Unterricht darin zu nehmen; du brauchst kein Buch darüber zu lesen; du brauchst dir keine Stichpunkte zu machen. Du musst den Menschen nur erzählen, was Christus für dich getan hat. Das ist das beste Zeugnis, das es gibt.«

Sam nickte langsam und wünschte, er hätte dieselbe Zuversicht und Leidenschaft wie John. Doch stattdessen hatte er das ungute Gefühl, dass er Gott enttäuschen würde. Die Engel im Himmel bereiteten sich vermutlich schon auf all den Schaden vor, den er anrichten würde.

Kapitel 5

Nach viel Überredungsaufwand überzeugte John Sam schließlich davon, ihn bei seinen Besuchen im Krankenhaus zu begleiten.

Während sie die Straße überquerten, fühlte sich Sam erneut unbehaglich. »Weißt du, ich kann nicht besonders gut mit kranken Menschen umgehen. Ich hoffe, du hast vor, das Reden zu übernehmen. Ich glaube, der Mann am Tisch vorhin hätte beinahe einen Herzinfarkt bekommen. Sein Gesicht war rot wie eine Tomate, als er genug hatte.«

John schien sich darüber keine Gedanken zu machen. Sam merkte, wie sich seine Gedanken überschlugen. »Für mich als Pastor ist es besonders schlimm, wenn Mitglieder meiner Gemeinde dem Tod ins Auge sehen und ich nicht weiß, ob sie Gott kennen. Darum möchte ich, dass du mitkommst. Ich denke, es würde mir sehr helfen, wenn du mir einfach sagen würdest, was du hörst, damit ich weiß, in welche Richtung ich das Gespräch lenken soll und wie ich ihre Bedürfnisse ansprechen kann.«

»Aber ich kann dir doch nicht einfach wiederholen, was ich höre«, wandte Sam ein. »Sie würden das doch merken.«

»Was denn merken?«, fragte John. »Merken, dass jemand ihre geistliche Not erkennt? Dieser Mann eben ist der Beweis dafür, dass sie sich dieser Dinge nicht einmal bewusst sind. Vermutlich könntest du diese Worte laut vor ihnen aussprechen, und sie würden sie als ihre Bedürfnisse erkennen.«

»Du hast es sehr wohl erkannt, als ich von deinen Bedürfnissen gesprochen habe.«

»Aber ich denke ja auch ständig daran und bin mir der Sache voll bewusst. Ich habe wegen dieses Problems gebetet. Ich habe mich meinen Zweifeln gestellt.«

Sam musste unwillkürlich an Johns Zweifel denken. »Du überlegst doch nicht wirklich, dein Amt aufzugeben, oder?«

Es dauerte eine Weile, bis John antwortete. »Doch, ich denke tatsächlich darüber nach.«

»Warum? Ich dachte, deine Arbeit würde dir Spaß machen.«

»Mir macht es große Freude, Gott zu dienen. Aber wenn ich nichts bewirken kann, dann ist das nicht die richtige Aufgabe für mich. Manchmal ist es ein frustrierender Beruf, Sam. Du stehst auf dieser Kanzel, schüttest dein Herz und deine Seele aus, und die Hälfte der Gemeinde starrt dich mit glasigen Augen an und versucht, das Gähnen zu unterdrücken. Fünf Minuten nach der Predigt wissen sie schon nicht mehr, worum es überhaupt ging. Gemeinden sollen wachsen. Christen sollen Frucht bringen. Wenn das in meiner Gemeinde nicht passiert, dann habe ich versagt.«

Sam starrte ihn mit offenem Mund an. »Das verstehe ich nicht. Du versagst doch nicht – wie kommst du nur darauf? Unsere Gemeinde ist doch sehr lebendig. Sie ist großartig.«

John stieß ein zynisches Lachen aus. »Sicher, wir haben in diesem Jahr das Basketballturnier gewonnen, und unsere Frauenarbeit macht sich auch sehr gut. Aber ein christlicher Kuschelclub ist nicht mein einziges Ziel. Alle diese verlorenen Seelen machen mir zu schaffen. Und alle diese gähnenden Christen, die sich keinen Deut darum kümmern.«

»Ach komm schon«, wandte Sam ein. »Mich interessieren die verlorenen Seelen auch. Aber es ist schwer, sie zu erreichen. Ich meine, du hast gerade gesagt, dass viele Menschen nicht einmal selbst ihre tiefsten geistlichen Bedürfnisse kennen. Wenn das so ist, was kannst du dann tun? Selbst diese so genannte Gabe, die ich bekommen habe, wie kann sie von

Nutzen sein, wenn die Menschen ihre Bedürfnisse nicht einmal erkennen, wenn ich sie anspreche?«

»Der Punkt ist, dass ihre Seele sie erkennen würde. Irgendetwas tief in ihrem Innern würde sich bemerkbar machen, ob sie es nun zugeben oder nicht. Diese Menschen, die wir im Krankenhaus besuchen werden ... einige von ihnen haben schreckliche Angst. Sie müssen wissen, dass Jesus ihnen helfen kann.«

»Aber haben sie denn mit ihrer Krankheit nicht schon genug zu tun?«

John warf Sam einen verständnislosen Blick zu. »Einige von ihnen werden sterben. Dies ist vielleicht ihre letzte Gelegenheit. Das ist auch ein Grund, warum ich die Mitglieder meiner Gemeinde besuche. Ich möchte nicht, dass jemand stirbt, ohne das richtig verstanden zu haben.«

Sam schwieg. Nachdenklich legte er den Rest des Weges zum Krankenhaus zurück, in dem seine Frau als Krankenschwester arbeitete. Als sie durch die Tür traten, wurde er eingehüllt von den Gerüchen von Sterilität und Krankheit. Anderen Menschen schien das nichts auszumachen, aber für Sam war es schier unerträglich. Darum mied er Krankenhäuser wie die Pest. Seine Mutter war hier in dieser Klinik gestorben. Seither hatte er sie nie wieder betreten. Wann immer er Kate abholte, kam sie hinaus auf den Parkplatz.

Er fragte sich, was seine Frau wohl sagen würde, wenn sie von seiner Anwesenheit hier wüsste, oder von der seltsamen Gabe, die er über Nacht bekommen hatte. Heute Morgen beim gemeinsamen Kaffeetrinken hatte er davon noch nichts gewusst. Warum hatte er Kates Bedürfnisse nicht gehört? Seine Gedanken wanderten zurück zu ihrer Unterhaltung.

Ich wollte ja nur helfen.

Diese Worte kamen ihm in den Sinn. Er hatte sie dies sagen hören, aber wenn er jetzt darüber nachdachte, hatte er sie gar nicht dabei angesehen. Hatte sie das wirklich gesagt oder vielleicht nur gefühlt?

Als sie den Aufzug erreichten, sah John ihn an. »Geht es dir gut?«

»Ja«, erwiderte Sam. »Mir geht es gut. Ich habe mich nur gerade gefragt, ob ich es Kate erzählen soll.«

»Warum willst du das vor ihr geheim halten?«

»Ich weiß nicht. Vielleicht ist es ihr unangenehm zu wissen, dass ich in sie hineinhören kann.«

John grinste. »Machst du Witze? Zu wissen, dass der Partner ihre tiefsten Bedürfnisse hört, ist doch der Traum jeder Frau! Das Problem besteht darin, sie zu überzeugen, aber wenn du das tust, was du heute Morgen bei mir getan hast, wird sie dir schon glauben.«

Die Fahrstuhltüren öffneten sich, und John trat hinein. Sam wurde zunehmend unbehaglicher zu Mute. »Wen wollen wir denn überhaupt besuchen?«

»Annabelle York.«

»Kenne ich sie?«

»Sie ist alt. Sie ist schon eine Weile sehr krank, aber bis vor ein paar Monaten saß sie immer in der ersten Reihe und hat zu allem, was ich von mir gegeben habe, ›Amen‹ gesagt.«

»Ach ja. Die kleine weißhaarige Dame. Sie ist schon eine Weile nicht mehr im Gottesdienst gewesen, nicht?« Er schämte sich, dass ihm das bisher gar nicht aufgefallen war.

»Sie hat Leberkrebs. Die Ärzte haben alles für sie getan, was sie konnten.«

»Und du machst dir Gedanken um ihren geistlichen Zustand, nicht? Ich meine, sie ist doch ganz offensichtlich Christ.«

»Vielleicht, aber man kann nie wissen. Du weißt doch, was in der Bibel steht. Nicht jeder, der ›Herr, Herr‹ ruft, wird in das Reich Gottes kommen.«

Die Türen glitten auf, aber Sam machte keine Anstalten, sich in Bewegung zu setzen. »Warum sollte sie denn jeden Sonntag in die Kirche kommen, in der ersten Reihe sitzen und ›Amen‹ rufen, wenn sie gar kein richtiger Christ ist?«

»Ich sage ja gar nicht, dass es so ist«, erwiderte John. Er hielt die Fahrstuhltür auf, bevor sie wieder zugehen konnte. »Wenn ich zu urteilen hätte, würde ich sagen, die Frau hat es begriffen. Aber das Problem ist, dass viele dich täuschen. Und sehr oft täuschen sie sich selbst. Ich möchte einfach kein Risiko eingehen, wenn jemand so kurz vor seinem Tod steht. Du sollst mir sagen, was du hörst.«

Sie stiegen aus dem Aufzug, und Sam überfiel wieder das Entsetzen, das er immer empfunden hatte, wenn er sich dem Zimmer seiner Mutter genähert hatte. Er suchte nach dem Ausgang. »John, wie soll ich das denn machen? Ich kann dir doch nicht vor ihr wiederholen, was ich höre.«

»Überleg dir, wie du es verpacken kannst. Mir ist es egal, wie du das machst. Nur tu es einfach. Ich muss es wissen!«

Und wieder einmal ärgerte sich Sam über diese Gabe, um die er nicht gebeten hatte und die er auch nicht wollte. Er wurde langsamer, als sie sich dem Krankenzimmer näherten. John klopfte. Als er keine Antwort bekam, öffnete er unaufgefordert die Tür und steckte den Kopf hinein. »Hallo, wie geht es Ihnen, meine Liebe?«

Widerwillig folgte Sam ihm ins Zimmer. Das war unhöflich, fand er. Es gehörte sich nicht, sich jemandem aufzudrängen, der sich nicht wohl fühlte. Aber es war zu spät, um den Pastor aufzuhalten. John stand bereits am Krankenbett und beugte sich darüber. Die alte Frau lächelte und ergriff seine Hand. Er drückte sie und fragte sie leise, wie es ihr ging. Die Frau brachte kaum einen Ton heraus.

»Sie kennen doch Sam aus der Gemeinde, nicht, Annabelle? Er begleitet mich heute bei meinen Besuchen.«

Sie lächelte schwach und nickte, als würde sie ihn gut kennen, aber Sam war nicht sicher, ob er ihr jemals auch nur in die Augen gesehen hatte. »Wie geht es Ihnen?«

»Gut«, flüsterte sie schwach. Dann hörte er eine gut hörbare Stimme, doch ihre Lippen bewegten sich nicht. »Es ist zu spät. Viel zu spät. So viele vergeudete Jahre.«

Sam trat einen Schritt zurück und versuchte John mit den Augen zu signalisieren, dass er etwas gehört hatte. Dann wurde ihm klar, dass sie es vermutlich nicht einmal merken würde, wenn er sich über ihn beugte und es ihm ins Ohr flüsterte.

Johns Blick hielt ihn fest, und er nickte ihm zu, er solle es ihm sagen.

»Sie denkt, es sei zu spät«, flüsterte Sam. Er bemerkte, dass sie ihn ansah und sich bemühte, seine Worte zu verstehen. »Sie denkt, sie hätte die Jahre vergeudet.«

John runzelte die Stirn, als wüsste er nicht, was er davon halten sollte. »Aber kennt sie den Herrn?«, flüsterte er.

Wie als Antwort ertönte die Stimme erneut. »ALL DIE MENSCHEN, DIE ICH MIT IN DEN HIMMEL HÄTTE NEHMEN KÖNNEN. ABER ICH HABE MICH MEHR UM DEN HAUSHALT UND DIE GEMEINDEARBEIT GEKÜMMERT.«

Ja, dachte Sam. Sie kannte Christus. Und plötzlich bekam er neuen Mut. Er wollte mit ihr sprechen, ihr helfen. Er wollte keine Spielchen mit ihr spielen, indem er mit John flüsterte. Er trat auf die andere Seite des Bettes. »Annabelle«, sagte er. »Der Herr hat mir etwas über Sie offenbart. Haben Sie etwas dagegen, wenn ich Ihnen sage, was es ist?«

Sie schüttelte den Kopf.

»Der Herr hat mir gesagt, dass Sie sich Sorgen machen, weil Sie nicht mehr Menschen zu ihm geführt haben. Dass Sie das Gefühl haben, Ihnen sei die Gemeindearbeit und Hausarbeit wichtiger gewesen, als Menschen für Christus zu gewinnen.«

In ihren Augen schimmerten Tränen, und ihr Mund öffnete sich, als versuche sie zu sprechen. Sie sah von Sam zum Pastor hinüber und drückte seine Hand. »Denken Sie nur ... wie vielen Menschen ... ich hätte helfen können.«

John beugte sich über sie. Er hielt noch immer ihre zerbrechliche Hand. »Annabelle, ich möchte für Sie beten.«

Sam beugte den Kopf, als John für die alte Frau zu beten begann, die ihre letzten Stunden auf der Erde erlebte und Angst davor hatte, dem Einen gegenüberzutreten, der alles über sie wusste.

Als sie später wieder im Flur standen, lächelte John. »Annabelle wird bald im Himmel sein.«

»Ja, das wird sie«, bestätigte Sam. »Sie ist eindeutig Christin. Aber sie schien so traurig über das, was sie unterlassen hat.«

»Ich denke, viele von uns werden ähnlich empfinden, wenn wir unserem Ende entgegensehen«, meinte John. »Ich erlebe das sehr oft.«

Sie gingen zum nächsten Zimmer auf Johns Liste. »Wen besuchen wir hier?«, fragte Sam.

»Sid Beautral. Du weißt doch, Hattie Beautrals Mann.«

Sam runzelte die Stirn. »Ich dachte, sie sei alleinstehend.«

»Nein, sie ist nur immer allein gekommen. Er ist kein großer Kirchgänger. Hatte eine Gallenblasenoperation.«

»Dann wird er also nicht sterben?«

»Nein, er erholt sich sehr gut.«

»Gott sei Dank«, seufzte Sam. Sie blieben vor der Tür stehen, und John klopfte. Eine Frau rief: »Herein.«

John öffnete die Tür. »Hallo, Hattie. Wie geht es Ihnen, Sid?«

John umarmte die Frau leicht, dann schüttelte er dem Mann im Bett die Hand. Für John schien es ganz natürlich zu sein, andere Menschen zu umarmen, während Sam immer kreative Wege fand, so etwas zu umgehen.

»Was führt Sie her, Prediger?«, fragte der Mann unhöflich. »Sie wissen doch, dass ich nicht vorhabe zu sterben.«

»Natürlich nicht«, erwiderte John. »Ich besuche nicht nur Sterbende. Ich besuche alle Mitglieder meiner Gemeinde, die im Krankenhaus liegen.«

»Sie zählen mich zu Ihrer Gemeinde?«, fragte er skeptisch.

»Ja, glauben Sie es oder nicht, das tue ich tatsächlich. Also, wie geht es Ihnen?«

Sid zuckte die Achseln. »Ich denke, ganz gut.«

Dann hörte Sam seine Stimme erneut, aber Sids Lippen bewegten sich nicht. »Ich fühle mich so ohnmächtig, so ausgeliefert. Kann mich nicht verteidigen. Ich habe keine Kontrolle mehr über mein Leben.«

Sam stieß John an. John nickte und forderte ihn auf zu sprechen. Sam räusperte sich und trommelte nervös mit den Fingern auf das Bettgestell. »Äh ... Mr. Beautral, Sie fühlen sich vermutlich ziemlich ohnmächtig, wie Sie hier so liegen, so als hätten Sie keine Kontrolle mehr ... als könnten Sie sich nicht verteidigen.«

»Wovor soll ich mich denn verteidigen?«, fragte der Mann, und seine Augen zogen sich zu misstrauischen Schlitzen zusammen.

Sam wusste nicht, was er antworten sollte. »Ich weiß nicht. Wovon fühlen Sie sich bedroht?«

Der Mann sah ihn an, als hätte Sam den Verstand verloren. »Ich fühle mich nicht bedroht. Ich wüsste auch nicht, was mich bedrohen sollte.«

Glücklicherweise übernahm nun John die Führung des Gesprächs. Sam seufzte erleichtert auf und trat zurück. »Sid, wissen Sie, Sie brauchen sich nicht so ohnmächtig zu fühlen«, sagte John. »Da ist jemand, der alles unter Kontrolle hat, und er liebt Sie und kennt sogar die Anzahl der Haare auf Ihrem Kopf.«

Hattie lächelte, und der Mann sah zu ihm auf. Sein Gesichtsausdruck veränderte sich. Sam betete still, dass John den Mann erreichen konnte, bevor sie wieder gingen.

Als sie nach ihrem Krankenhausbesuch wieder in den Wagen stiegen, funkelten Johns Augen. »Ich glaube, das war bisher einer der besten Tage meines Lebens als Christ.«

Sam wünschte, er könnte denselben Überschwang empfinden, doch jeder Muskel seines Körpers schmerzte. Er wusste, es würde noch Stunden dauern, bis diese Spannung nachließ. »Ich glaube, dies ist einer der schlimmsten Tage in meinem Leben als Christ«, gestand er.

»Warum?«, fragte John. »Gefällt dir der Gedanke nicht, dass du niemals an den Punkt kommen wirst, an dem sich Annabelle befindet – dass du, wenn du dem Tod ins Auge blickst, bedauerst, nicht mehr Menschen mit Jesus bekannt gemacht zu haben? Sieh dir nur an, wie vielen Menschen wir allein heute Morgen haben helfen können.«

»*Du* hast ihnen geholfen«, widersprach Sam. »Ich habe eigentlich nichts getan, außer zu wiederholen, was ich gehört habe.«

»Du hast mehr getan, als dir klar ist. Du hast zugehört, Sam. Nicht jeder Mensch kann zuhören.«

»Nicht jeder muss hören, was ich höre«, murmelte Sam. »Was soll ich denn jetzt damit anfangen? Wie kann ich mich daran gewöhnen?«

»Vielleicht wird das nie der Fall sein. Vielleicht wirst du aber auch bekannt als der Mann, der in die Seelen der Menschen sehen kann. Es gibt Schlimmeres, was die Leute über dich sagen könnten.«

»Ich möchte diesen Ruf nicht. Oder diese Gabe, oder wie immer du es nennen willst. Ich bin nicht bereit dafür.«

»Natürlich bist du das. Wenn ich dich jetzt im Augenblick am Busbahnhof absetzen würde und du inmitten der ganzen Menschen dort stehen würdest, wüsstest du, was du tun sollst.«

»Nein, das wüsste ich nicht«, widersprach er. »Es würde mich zutiefst erschrecken. Heute Morgen im Supermarkt, als ich alle diese Stimmen gleichzeitig um mich herum hörte, dachte ich, ich würde den Verstand verlieren.«

»Also, wenn es möglich wäre, diese Gabe auf mich zu übertragen, würde ich sie annehmen, bevor du noch *Effata* sagen könntest.«

Als er John endlich so weit hatte, dass er sich bereit erklärte, zur Gemeinde zurückzukehren, war Sam vollkommen erschöpft. Während John das Gebäude betrat, stieg Sam in seinen Wagen und blieb einen Augenblick nachdenklich hinter dem Steuer sitzen. Ihm war klar, dass er einen Tag im Büro nicht überstehen würde, darum rief er Sally über sein Handy an und informierte sie darüber, dass er heute nicht mehr ins Büro kommen würde.

»Ich habe den Lottoschein ausgefüllt, Sam«, sagte sie. »Vielleicht sollten Sie schon mal anfangen, sich nach einer anderen Sekretärin umzusehen.«

Er schloss die Augen und ließ den Kopf auf das Lenkrad sinken. »Wie wäre es, wenn ich warte, bis Sie Ihren Scheck in den Händen halten?«

»In Ordnung«, erwiderte sie. »Aber ich kann nicht versprechen, dass ich eine zweiwöchige Kündigungsfrist einhalte.«

Er schaltete das Handy ab und dachte über das Bedürfnis nach, das er an diesem Morgen gehört hatte. Und wenn es tatsächlich so war, dass Sallys Zahlen gezogen wurden? Er hatte es gehört, ohne dass sie die Worte ausgesprochen hatte.

Das passte nicht in die Kategorie »geistliche Nöte« wie alle die anderen Dinge, die er heute gehört hatte. Vielleicht würden die Zahlen ja tatsächlich gezogen.

Er holte einen Zettel aus seinem Handschuhfach und notierte sich die Zahlen – 11, 6, 75. Er fragte sich, ob es wohl schon zu spät war, noch einen Lottoschein auszufüllen.

Er ließ den Motor an und machte sich auf den Weg zur nächsten Lottoannahmestelle. Auf dem Parkplatz stellte er den Wagen ab und blieb noch eine Weile sitzen. Dann fiel ihm ein, was Sally sonst noch gesagt hatte.

»Wenn ich gewinne, wird er sehen, was ich wert bin.«

Hatte er darum die Zahlen gehört? Weil sie zu ihrem geistlichen Bedürfnis gehörten? Konnte es tatsächlich das geistliche Bedürfnis eines Menschen sein, in der Lotterie zu gewinnen? Oder war das nur Gottes Art, ihm einen Insidertipp zu verschaffen?

Elf, sechs, fünfundsiebzig.

Wie viel war in dieser Woche im Jackpot? Was würde Sally empfinden, wenn sie den Gewinn mit ihm teilen musste? Würde sie sich betrogen fühlen oder erstaunt sein? Und was würde seine Frau denken? Würde sie das Geld annehmen, oder würde sie begreifen, dass diese neue Gabe ihm wichtige Informationen vermittelte, die er ebenso gut auch verwenden konnte? Außerdem – wenn er reich war, würde er mehr Zeit haben, anderen zu helfen.

Plötzlich hielt er inne. Was er hörte, waren tatsächlich wichtige Informationen, das stimmte – aber tief in seinem Inneren wusste er auf einmal, dass er sie nicht bekommen hatte, um damit im Lotto zu gewinnen. Er hatte sie vielmehr bekommen, um Seelen für Gott zu gewinnen.

Er musste verrückt sein. Entweder das, oder Satan versuchte, ihn in die Irre zu führen. Er schloss die Augen und bat Gott um Vergebung.

Vielleicht hatten Hunger und Erschöpfung zusammen mit der Anspannung, unter der er stand, ihn zu einem solchen Unsinn veranlasst. Er brauchte genauso wenig wie Sally einen Lottogewinn. Er brauchte etwas zu essen. Zwei Besuche im

Schnellrestaurant, und er hatte noch immer nichts im Magen. Er und John waren zu sehr damit beschäftigt gewesen, zu den einzelnen Tischen zu gehen, genau wie Paulus und Silas, die so voll waren von der guten Nachricht und nicht genügend Zeit hatten, allen davon zu erzählen.

»Wir können nicht anders, wir müssen weitererzählen, was wir gesehen und gehört haben.« Das war ein Vers aus der Apostelgeschichte, der einmal in einer Predigt gefallen war. Damals war er ihm besonders im Gedächtnis haften geblieben. Er war überzeugt davon gewesen, dass mit Christen, die irgendwann aufhörten, von dem zu erzählen, was sie gehört und gesehen hatten, etwas nicht stimmte.

Aber viel zu oft gehörte er selbst dazu. Einen halben Tag lang hatte ihm das zu schaffen gemacht, doch dann hatte er es überwunden und den Gedanken wieder verdrängt. Wollte Gott ihn auf diese Weise vielleicht strafen? Gott hatte Paulus blind werden lassen, um ihn zu überzeugen. Vielleicht konnte Sam ja noch dankbar sein, dass er so »glimpflich« davongekommen war.

Er ließ den Motor an und beschloss, zum dritten Mal an diesem Tag zum Schnellrestaurant zu fahren. Die Kellnerin Janie stand noch immer hinter der Theke und bediente alle Gäste mit den sparsamen Bewegungen einer erfahrenen Kellnerin. Sam suchte sich einen Tisch in der Ecke, weit weg von allen anderen Gästen, und beobachtete Janie, wie sie die Leute bediente. Er erinnerte sich an das, was sie an diesem Morgen darüber »gedacht« hatte, dass sie unbedingt Ruhe brauchte, und ihm wurde klar, dass irgendetwas in ihrem Leben nicht so war, wie es sein sollte. Sie hatte ein Bedürfnis.

Nachdem sie schließlich alle Gäste bedient hatte, kam sie an seinen Tisch. »Sam, ich fange an zu glauben, dass Sie eine Vorliebe für mich entwickeln. Dreimal an einem Tag? Sind Sie nicht verheiratet?«

Sam lachte leise. »Jawohl, das bin ich. Es ist ein komischer Tag, Janie.«

»Arbeiten Sie heute nicht?«

»Nein, ich habe mir den Tag frei genommen. Mir geht es nicht besonders gut.«

»Das tut mir Leid. Sie haben doch hoffentlich nichts Ansteckendes, oder? Ich kann es mir nicht leisten, krank zu werden.«

Er grinste. »Wenn das nur so wäre.«

Sie runzelte die Stirn. »Wie bitte?«

»Ach, nichts.«

Sie zog ihren Bestellblock hervor. »Und was darf es dieses Mal sein?«

»Einen Hamburger bitte«, bestellte er. »Mit allem. Und wie wäre es, wenn Sie eine Pause machten und mir während des Essens Gesellschaft leisten würden?«

Ihr blieb der Mund offen stehen. »Was würde Ihre Frau denn dazu sagen?«

»Sie wäre mit mir einer Meinung, dass Sie so aussehen, als brauchten Sie ein wenig Ruhe. Zumindest ein paar Minuten lang.«

Ihr Lächeln verschwand, und sie sah auf ihn herab. Er fragte sich, ob ihr klar war, dass sie genau das brauchte. »Puh, ich könnte wirklich eine kleine Pause vertragen. Okay, Sam, ich bin gleich zurück.«

Kurz darauf war sie mit seiner Bestellung wieder da. Für sich hatte sie ein Glas Eistee mitgebracht. Dankbar aufseufzend setzte sie sich ihm gegenüber. »Das ist vielleicht ein Tag gewesen!«

»Erzählen Sie mir davon«, forderte er sie auf.

Sie lachte und sah in ihren Eistee.

»Nein, ich meine es ernst. Ich möchte wirklich, dass Sie davon erzählen.«

Sie sah ihn an, und in diesem Augenblick hörte er die Stimme erneut. »ICH KANN SO NICHT WEITERMACHEN. ALLES BRICHT AUSEINANDER.«

»Es war einfach schrecklich viel Betrieb«, sagte sie laut. »Meine Füße bringen mich um.«

Besorgt zog er die Augenbrauen zusammen. »Sie haben das Gefühl, nicht mehr zu können, stimmt's?«, fragte er. »So als würde alles auseinanderbrechen.«

Sie runzelte die Stirn und lehnte sich zurück. »Woher wissen Sie das?«

»Haben Sie je den Bibelvers gehört ... ich weiß nicht einmal genau, wo er steht. Aber da sagt Jesus: ›Kommt her zu mir alle, die ihr mühselig und erschöpft seid ... oder so ähnlich ... und ich will euch Ruhe geben.‹«

Während er ihre Reaktion beobachtete, machte er sich innerlich Vorwürfe, weil er so wenig Bibelverse auswendig kannte. Hatte er wirklich gesagt »oder so ähnlich«? Er konnte ebenso gut auch sofort aufgeben. Bestimmt würde er keine Gelegenheit haben, sie zu Jesus zu führen.

»Können Sie das noch mal sagen?«, fragte sie.

Er stöhnte innerlich. Er konnte sich nicht überwinden, den Vers noch einmal aufzusagen, darum beschloss er zu improvisieren. »Jesus hat die Menschen dazu ermutigt, zu ihm zu kommen, wenn sie am Ende ihrer Kräfte sind. Er will ihnen Ruhe geben.«

»Von dieser Art von Ruhe habe ich schon gehört«, meinte Janie trocken. »Zwei Meter unter der Erde.«

»Nein«, lachte Sam. »Er meinte schon Ruhe hier und jetzt. Und Hilfe bei Ihren Problemen.«

Sie lachte, aber ihr Herz schien nicht beteiligt. »Ich will Sie nicht beleidigen, Sam, aber ich komme ganz gut allein mit meinen Problemen zurecht.«

»Und warum sind Sie dann seelisch so erschöpft?«

»Seelisch erschöpft?«, fragte Janie. »Wer sagt, dass ich seelisch erschöpft bin?«

»Ich habe einfach das Gefühl. Jesus sagt, dass er gekommen ist, um uns das Leben in Fülle zu geben – er hat auch Sie gemeint, Janie.«

»Was bedeutet das, Leben in Fülle?«

»Ein Leben, das so voll ist, dass es überfließt.«

»Mein Leben fließt tatsächlich über. Überall sind schon die Pfützen zu sehen.«

»Aber es könnte überfließen von lebendigem Wasser.« Seine eigenen Worte versetzten ihn in Erstaunen.

Sie schwieg und dachte darüber nach. Die harten Linien in ihrem Gesicht schienen weicher zu werden, und es fiel ihr sichtlich schwer, eine Entgegnung zu finden. »Lebendiges Wasser? Überfließendes Leben? Ruhe?« Sam war nicht sicher, aber hatte den Eindruck, dass sie die Tränen zurückblinzelte. »Um ehrlich zu sein, das klingt wirklich gut.«

Sams Herz tat einen Sprung. Hatte der Bibelvers, auch wenn er noch so schlecht zitiert war, sie tatsächlich erreicht? War es möglich, dass sie trotz seines traurigen Auftritts offen war für Jesus?

»Sehen Sie ... manchmal liege ich nachts wach«, sagte sie gerade, »und ich muss so früh aufstehen, und ich bin so müde –«

»Warum liegen Sie nachts wach?«, unterbrach er sie.

»Ich liege einfach da und denke nach.«

»Worüber?«

»Darüber, dass alles auseinanderbricht.« Überrascht stellte sie fest, dass er genau diese Worte vorher gebraucht hatte. »Ich denke darüber nach, dass nichts besser, sondern alles nur noch schlimmer werden wird.«

»Was denn zum Beispiel?«, fragte er.

Sie rieb sich ihre Augen und schüttelte den Kopf. »Kaum zu glauben, dass ich so mit Ihnen rede.« Sie atmete tief durch. »Mein Leben«, sagte sie. Sie senkte den Blick auf die Holzmaserung des Tisches, dann sah sie ihn mit tränenfeuchten Augen an. »Ich sollte Sie unterhalten. Dafür bekomme ich doch von Ihnen ein Trinkgeld.«

»Sie unterhalten mich«, sagte er. »Aber wenn alles nur gespielt ist, was ist dann für Sie drin?«

Ihr Lächeln verschwand. »Ich will Sie nicht vor den Kopf stoßen, Sam, aber was geht Sie das an? Sie kommen Tag für Tag her, und noch nie haben Sie mehr zu mir gesagt als: ›Hallo, wie geht's?‹, und ich frage Sie, ob Sie das Übliche wollen, und Sie sagen: ›Ja‹, dann essen Sie, bezahlen und gehen.«

»Na ja, das war vielleicht mein altes Ich.«

Sie lachte erneut. »Ihr altes Ich? Sie meinen, Sie haben ein ›neues, verbessertes Ich‹?«

»Sagen wir einfach, es gibt ein neues Ich. Ob es besser ist oder nicht, weiß ich noch nicht. Das wird sich zeigen.« *Wenn sie wüsste*, dachte er.

»Und wie erklären Sie sich dieses neue Ich?«, fragte sie sarkastisch.

Er spürte, dass sie ihn neckte, aber das machte nichts. »Jesus Christus«, erklärte er.

Sie verdrehte die Augen und nickte, als hätte sie das alles schon einmal gehört. »Ach nein.«

Er lächelte. »Doch. Ich meine es ernst. Ich bin schon seit ein paar Jahren Christ. Aber gestern Nacht ist etwas passiert. Ich hatte einen Traum.«

»Einen Traum?«, wiederholte sie. »Was ist denn in Ihrem Traum passiert?«

Er beugte sich vor. Sie hielt seinem Blick stand. »Gott hat zu mir gesprochen. Er hat bewirkt, dass mir jetzt der Seelenzustand der Menschen am Herzen liegt. Und heute habe ich festgestellt, dass es viele verängstigte, leere, schuldige, erschöpfte Seelen gibt ...«

Ihr Augen füllten sich mit Tränen, und sie wandte den Blick ab. Noch nie zuvor hatte er sie weinen sehen. Er war unsicher, ob er jetzt auch weinen sollte, aber irgendwie rührten ihre Tränen ihn an. Ihm fehlten die Worte, und er wusste nicht mehr weiter. Wie sehr wünschte er, seine Frau wäre hier; sie könnte von Frau zu Frau mit Janie sprechen. Wenn er doch nur seine Bibel bei sich hätte oder ein Traktat, das er ihr in die Hand drücken könnte.

Er zitterte, hatte Angst, sie noch mehr aufzuregen, doch er zwang sich zum Sprechen. »Janie, sehnen Sie sich nicht nach dieser Ruhe?«

»Wenn ich begreifen würde, wie das vor sich gehen soll, würde ich sofort zugreifen«, erwiderte sie. »Aber nur weil sowas in der Bibel steht, bedeutet das doch noch nicht, dass es wahr ist.«

»Dass es in der Bibel steht, ist der beste Grund zu glauben, dass es wahr ist.«

»Sie glauben daran?«, fragte sie.

Er nickte.

»Und was habe ich zu tun? Muss ich jetzt anfangen, zur Kirche zu gehen? Die Art verändern, wie ich mich kleide?

Mich anders frisieren? Aufhören, mit Männern auszugehen?«

Er zuckte die Achseln. »Hey, sehe ich so aus, als hätte ich eine Regelliste bei mir?«

»Geht es beim Christentum denn nicht um Regeln?«

»Aber nein. Es gibt keine Listen mit Dingen, die man tun muss und nicht tun darf. Es geht darum, dass Gott Sie liebt.«

»Er liebt mich?«, fragte sie. »Du meine Güte, warum sollte Gott mich lieben?«

Er biss von seinem Hamburger ab und kaute. Auf diese Weise gewann er etwas Zeit. Schließlich ergriff er wieder das Wort. »Janie, lassen Sie mich Ihnen sagen, wie sehr Gott Sie liebt.«

»Ja, sagen Sie es mir«, meinte sie ein wenig spöttisch.

»Er liebt Sie so sehr, dass er seinen einzigen Sohn für Sie hat sterben lassen.«

Sie verzog das Gesicht. »Sehen Sie, das ist, was ich nicht begreife. Ich habe niemanden gebeten, für mich zu sterben. Und wenn ihr Christen davon redet, dass Gott seinen einzigen Sohn für mich hat sterben lassen, dann ist meine erste Frage: Warum? Was hat das für einen Sinn?«

»Er ist für Ihre Sünden gestorben und für meine. Wegen dieser Sünden sind wir alle von Gott getrennt. Doch Jesus ist gekommen, um zu suchen und zu retten, was verloren ist, und wir brauchen bloß an ihn zu glauben und schon können wir unsere Richtung verändern.«

»Ich kenne viele schlimme Leute, die an Jesus glauben«, widersprach sie. »Mit ein paar von ihnen trinke ich abends noch ein Gläschen. Einige dieser Männer wollen dann gern mit mir nach Hause kommen. Ein paar von ihnen sind massiv spielsüchtig. Sie tragen Anstecker mit der Aufschrift ›Jesus liebt dich‹ und haben diesen Fisch an ihrem Wagen. Aber sie sind kein bisschen besser als ich.«

»Da haben Sie Recht.«

Sie blinzelte ihn erstaunt an. »Wie bitte?«

»Diese Leute sollten sich eigentlich anders verhalten, aber Sie haben Recht, auch sie sind Sünder wie alle anderen. Christen sind einfach Sünder, die durch die Gnade Gottes errettet wurden.«

»Und was soll das heißen, errettet? Sehen Sie, ich habe dieses Gerede vom ›Errettetsein durch Gnade‹ auch schon gehört, aber ich begreife einfach nicht, was das bedeutet.«

»Es bedeutet, dass Christus für uns gestorben ist, als wir noch Sünder waren. Gott kann keine Sünde dulden und muss sie bestrafen. Wir haben es nicht verdient, dass Christus diese Strafe für uns auf sich genommen hat, und wir verdienen es immer noch nicht. Aber deswegen ist es trotzdem wahr. Und es ändert sich auch nicht, wenn einige Christen Heuchler sind oder Gott enttäuschen. Fest steht, dass Jesus wirklich ist. Und er hat mich heute dreimal hierher geschickt, damit ich mit Ihnen spreche.«

Sie blickte ihn ungläubig an. »Er hat Sie hergeschickt, um mit mir zu reden? Na, eher wohl hat er Sie zum Frühstück und zum Mittagessen geschickt!«

»Tut mir Leid, Janie, aber so gut ist das Essen hier nun auch wieder nicht. Er hat mich geschickt, weil Ihre Seele erschöpft ist, und weil es bei ihm Ruhe für Sie gibt.«

Ihre Augen wurden wieder feucht. »Ach ja? Und wie bekomme ich die?«

»Indem Sie einfach an Jesus Christus glauben.« Er rutschte nervös auf seinem Platz herum. »Indem Sie nicht nur Ihr Bedürfnis erkennen, sondern sich an Gott wenden, damit er Ihr Bedürfnis erfüllt. Indem Sie ihn einfach nicht mehr loslassen.«

»Und Sie sagen, dass sich etwas verändert, wenn man von ganzem Herzen glaubt?«

»Genau das. Es geht nicht um Regeln. Es geht darum, sich einfach nur an Gott festzuhalten.« Er lächelte und beugte sich über den Tisch. »Die Sache ist die: Wenn Sie aufrichtig an ihn glauben, wird der heilige Geist anfangen, Veränderungen in Ihnen zu bewirken, nicht weil es eine Regelliste gibt, sondern weil er Sie liebt und nur das Beste für Sie möchte.«

»Puh«, winkte sie ab. »Ich weiß nicht.« Mit dem Fingernagel kratzte sie einen Fleck vom Tisch. »Wissen Sie, Sie sollten vorsichtig sein. Sie fangen an, mit jemandem wie mir über Gott zu sprechen, und bevor Sie sich versehen, tauche ich auf einmal in Ihrer Gemeinde auf.«

»Wieso wäre das so schlimm?«

Sie zuckte die Achseln und fuhr sich mit den Fingern durch ihre gefärbten Haare. »Ich bin nicht unbedingt ein gutes weißes Schäfchen.«

»Ich auch nicht«, erwiderte er. »Obwohl ich Christ bin, bin ich auch immer noch manchmal nicht diese Art von Mensch. Aber Gott arbeitet an mir. Er hat mich noch nicht aufgegeben, und Sie hat er auch noch nicht aufgegeben.«

Sie schien über seine Worte nachzudenken. »Dann ist es also nicht eine persönliche Vorliebe für mich oder Ihr Hunger, der Sie heute dreimal hierher geführt hat?«

»Nein. Ich bin gekommen, weil Gott Sie liebt.«

»Sehen Sie, diese beiden Dinge – Gott und Liebe –, die passen für mich nicht zusammen. Mein Bild von Gott ist das eines alten Mannes mit einem großen Stock, der auf jeden eindrischt, der ihn verärgert. Und darin scheine ich wirklich gut zu sein.«

»Ihr Bild ist falsch. Jesus hat die Geschichte von einem Sohn erzählt, der sich sein Erbe hat auszahlen lassen und es dann für Partys, Huren und wüste Gelage verschleuderte. Schließlich war nichts mehr übrig, und er musste sich seinen Lebensunterhalt damit verdienen, Schweine zu versorgen.«

Janie sah sich trocken lachend um. »Ja, das ist mir nicht fremd.«

»Ihm wurde klar, wie viel besser es ihm bei seinem Vater ergangen war, darum beschloss er, den Vater zu bitten, ihn als Lohnarbeiter einzustellen. Er stellte sich vor, dass sein Vater ihn niemals wieder in die Familie aufnehmen würde, aber er hoffte, dass er ihm wenigstens einen Job geben würde. Doch sein Vater sah ihn schon von weitem kommen, und er rannte los, um ihn in die Arme zu schließen. Er legte ihm ein prächtiges Gewand um und steckte einen Ring an seinen Finger. Dann veranstaltete er ein großes Fest, um die Heimkehr seines Jungen zu feiern. Dieser Vater ist das Bild für Gott, der schon auf Sie wartet, Janie. Nicht, um Sie zu verurteilen, sondern mit großer Sehnsucht und tiefer Liebe.«

Zum ersten Mal schien es Janie die Sprache verschlagen zu haben. »Wenn das wahr wäre ... wenn ich eine solche Liebe kennen lernen könnte ...«

»Das können Sie, Janie«, bekräftigte Sam. »Sie brauchen sich ihr nur zu öffnen und Ihrem wartenden Vater in die Arme zu fallen.«

Sie wischte die Tränen mit der Hand fort und nickte.

Kapitel 6

Es war Nachmittag, als Sam nach Hause zurückkam. Von seinem Gespräch mit Janie war er noch ganz aufgewühlt. Kate, die bereits um drei Uhr Dienstschluss hatte, würde bald zu Hause sein, es sei denn, die Kollegin, bei der sie immer mitfuhr, konnte sie nicht nach Hause bringen. Er sah das blinkende Licht seines Anrufbeantworters. Während er die Nachricht abhörte, ließ er sich auf die Couch sinken.

»Hey, Sam, ich bin es, Bill. Die Jungs und ich werden dich um sechs zu dem Spiel abholen. Jeff und Steve kommen auch, aber Bruder John kann nicht, weil er heute Abend eine Versammlung hat. Ruf mich an, falls was dazwischenkommt.«

Sam fuhr hoch. Das Footballspiel heute Abend hatte er vollkommen vergessen. Es war das wichtigste Spiel des Jahres zwischen den beiden größten Uni-Teams, und er hatte bereits die Eintrittskarte dafür. Sie gingen jedes Jahr hin, doch in diesem Jahr würde es besonders spannend werden, weil keine Mannschaft bisher ein Spiel verloren hatte.

Doch dann wurde ihm klar, dass es diesmal anders sein würde als in den Jahren vorher. *Er* war anders. Wie würde er sich wohl fühlen, wenn er auf seiner Bank saß und die Stimmen aller bedürftiger Seelen um sich herum hörte? Er überlegte, ob er absagen sollte.

Er legte sich auf die Couch und versuchte, etwas Schlaf nachzuholen, doch die Stimmen, die er an diesem Tag gehört hatte, ließen ihn einfach nicht los. Die Frau, die das Gefühl hatte, die Schwerkraft würde sie nicht mehr halten können;

die Frau, die von ihrer Vergangenheit nicht loskam; der Mann, der sich für so schmutzig hielt ...

Sam setzte sich auf und dachte an die Menschen in seiner Nachbarschaft. Sie alle hatten Bedürfnisse. Und wenn er sie alle ansprechen könnte? Ihnen helfen könnte, wie er Janie geholfen hatte? Ihm wurde klar, dass diese »Gabe« ihn verfolgen und sein Leben völlig umkrempeln würde. Doch selbst Christus nahm sich immer wieder Zeit, um sich auszuruhen, dachte er. Dann machte er sich Vorwürfe. An diesem Tag hatte er nur mit ein paar Menschen über Gott gesprochen, und schon klopfte er sich auf den Rücken und dachte, dass er nun aber eine Pause verdient hätte. Als ob er zu Menschenmengen gesprochen, Dämonen ausgetrieben, Kranke geheilt hätte ...

Was war nur los mit ihm? Er brauchte sich nicht im Haus zu verstecken aus Angst, Dinge zu hören, die er nicht hören wollte. Er sollte seine Gabe so sehen, wie John sie sah – als einmalige Gelegenheit.

Er hörte, wie die Küchentür ins Schloss fiel, und Kate rief: »Sam?«

»Hier bin ich«, antwortete er.

In ihrer Schwesterntracht erschien sie in der Wohnzimmertür. *Sie ist jeden Tag für die Menschen da*, dachte er. *Vielleicht hätte Gott* ihr *diese Gabe anvertrauen sollen.* Sie hätte sie bestimmt besser eingesetzt als er. Bestimmt hätte sie nie daran gedacht, diese Lotteriezahlen zu verwenden. »Wieso bist du denn schon so früh zu Hause?«, fragte sie.

Er legte sich wieder auf das Sofa und klopfte auf den Platz neben sich. »Komm her«, forderte er sie auf.

Langsam kam sie näher. »Geht es dir gut?«

Er schüttelte den Kopf. »Kann man so nicht sagen. Setz dich.« Sie ließ sich langsam neben ihn auf die Couch sinken und legte ihm die Hand auf die Stirn. »Du fühlst dich heiß an. Bist du krank?«

»Gewissermaßen. Na ja, nicht richtig.« Er schluckte und sah sie an. »Erinnerst du dich noch an den Traum, den ich letzte Nacht gehabt hatte? Von dem ich dir erzählt habe?«

Sie nickte. »Vage. Du hast versucht, ein Flugzeug zu erreichen ...«

»Nein, das war dein Traum. Meiner drehte sich um eine Münze. Und diese Stimme.«

»Ach ja.«

»Er hatte eine bestimmte Bedeutung. Es ist seitdem etwas passiert. Ich meine ... Gott hat etwas mit mir gemacht.«

»Was denn?«

»Er hat mir Ohren gegeben ... zu hören. Ich meine ... um so zu hören, wie er hört.« Kate blickte ihn verwirrt an, und Sam setzte sich auf und beugte sich vor. »Ich weiß, das klingt verrückt, aber, Kate, du musst mir glauben. Ruf John an. Er weiß es. Ich habe die Stimme seiner Seele gehört, und dann –«

»Die Stimme seiner Seele?«, unterbrach sie ihn.

»Ja. Und die Stimmen der Seele anderer Menschen. Von allen, in deren Nähe ich heute gekommen bin. Ich habe ihre geistlichen Bedürfnisse gehört. Genau das, was vermutlich Christus hört. John hat mich begleitet, und wir haben mit Menschen gesprochen ...«

»Wohin hat er dich begleitet?« Sie konnte ihm nicht folgen. Kein Wunder!

»Ins Schnellrestaurant und ins Krankenhaus.«

»Du warst heute im Krankenhaus? In meinem Krankenhaus?«

»Ja, aber ich habe dich nicht besucht, weil ich so entsetzt und verwirrt war, und ich wusste nicht, was ich dir sagen sollte. Aber Kate, wir haben den Menschen von Jesus erzählt. Oder besser, John hat es getan. Ich saß einfach nur dabei. Das ist ja nichts Neues. Aber dann ... Janie, die Kellnerin. Sie hat heute Christus angenommen, nachdem ich mit ihr gesprochen hatte, Kate. Und da war diese schwangere Frau mit einem kleinen Mädchen, und Mrs. Beautrals Mann. Wusstest du, dass Mrs. Beautral verheiratet ist?«

Kate schaute ihn an, als hätte er vollkommen den Verstand verloren. »Nein.«

»Das ist sie aber. Ihr Mann hatte eine Gallenblasenoperation, und jetzt ist er Christ.«

»Wegen seiner Gallenblasenoperation?«

»Nein, wegen unseres Besuchs. Kate, du hörst mir ja gar nicht zu!«

Sie erhob sich und wich zurück. »Sam, du erschreckst mich.«

»Ich erschrecke mich selbst«, erwiderte er und setzte sich auf. »Kate, ich war in der Apotheke und hörte alle diese Stimmen gleichzeitig. Aber die Münder der Menschen haben sich nicht bewegt. Ich hörte ihre Seele sprechen. Genau das, was der heilige Geist hört.«

»Jetzt weiß ich, dass du dir das alles nur einbildest«, unterbrach sie ihn. »Seit Jahren bist du nicht mehr in einer Apotheke gewesen.«

»Ich wollte mir ein Schmerzmittel kaufen. Kate, ich sage dir, ich höre Dinge, von denen die Menschen nicht einmal wissen, dass sie sie empfinden.«

Sie wandte sich um und ging zur Küche. »Ich hole das Fieberthermometer.«

»Kate!« Er folgte ihr in die Küche, und während sie in einer Schublade nach dem Thermometer suchte, hörte er *ihre* Stimme.

»Ich wünschte, ich könnte wieder ein gebrochenes Herz haben.«

»Aha!«, rief er. »Du hast gerade gesagt, du wünschtest, du könntest ein gebrochenes Herz haben. Ich habe dich gehört!« Sein Gesicht verzog sich, als ihm klar wurde, dass seine Worte keinen Sinn machten. »Warum möchtest du wieder ein gebrochenes Herz haben?«

Sie hielt in ihrer Bewegung inne und sah ihn an. »Ich habe nichts von einem gebrochenen Herzen gesagt.«

»Das hast du doch!«, widersprach er. »Du hast es gesagt. Ich habe es gehört, und ich zitiere: ›Ich wünschte, ich könnte wieder ein gebrochenes Herz haben.‹«

Wie betäubt schloss sie die Schublade und ging auf ihn zu. »Wann hast du das gehört? Was meinst du überhaupt?«

»Deine Stimme hat genau diese Worte gesagt«, erklärte er. »Ich habe es gehört, Kate. Es muss irgendwo in dir drin sein, in deiner Seele, auch wenn du das selbst nicht weißt.«

Ihr Blick veränderte sich, und der Mund blieb ihr vor Verblüffung offen stehen. »Das ist tatsächlich so.«

»Siehst du? Ich habe es dir ja gesagt. Aber was ... was meinst du denn damit?«

Sie schien nach Worten zu suchen, die sie noch nie zuvor ausgesprochen hatte. »Ich fühle mich, als ... als wäre ich nicht mehr empfänglich für den Heiligen Geist. Als wäre ich abgestumpft, als hätte mein Eifer nachgelassen. Und ich denke, dass Gott mir das Herz brechen muss, damit ich wieder in eine tiefe Beziehung mit ihm komme.«

»Ja!«, rief er und sprang auf. Verwirrt wich sie noch weiter zurück. Sie ergriff einen Kochlöffel, als könnte sie sich damit irgendwie schützen. »Liebling, ich weiß genau, was du empfindest!«

»Und das hast du gehört?«, fragte sie entsetzt. »Mit meiner Stimme?«

»Ich hielt das Ganze zuerst für einen Fluch«, erklärte er, und Tränen stiegen ihm in die Augen. Er kam quer durch den Raum auf sie zu und fasste sie bei den Schultern. Den Kochlöffel ignorierte er. »Bis ich Janie mit Christus bekannt gemacht habe. Und dann kam ich vollkommen ausgelaugt nach Hause, als hätte ich gerade die Bergpredigt vor fünftausend Menschen gehalten. Ich habe *einem* Menschen erzählt, wie er Christus kennen lernen kann, und schon halte ich mich für Elia.«

Der Schock ließ langsam nach. Sie sah ihn an. »Du hast wirklich jemanden zu Christus geführt?«

»Ja! Ist das zu glauben? Ausgerechnet ich!«

»Ich habe das noch nie getan«, sagte sie.

»Komm heute Abend mit mir«, forderte er sie auf. »Zu dem Spiel. Die Jungs holen mich um sechs Uhr ab, aber ich werde sie anrufen und sagen, dass wir uns dort treffen. John braucht seine Eintrittskarte nicht. Wir können vorbeifahren und sie holen.«

»Du willst mich zu dem *Spiel* mitnehmen?« Sie legte ihm wieder die Hand auf die Stirn. »Du hast mich noch *nie* mitgenommen. Das ist doch dein Männerabend!«

»Ich möchte, dass du mitkommst und es selbst erlebst. Ich werde bestimmt wieder die Stimmen hören. Du kannst mir helfen. Wenn du bei mir bist, lässt meine Feigheit vielleicht etwas nach.«

»Aber wie wirst du das den anderen erklären? Sie werden denken, ich habe dich dazu gezwungen. Sie werden denken, du würdest bei mir unter dem Pantoffel stehen.«

»Mir ist egal, was sie denken. Ich werde auch ihre Bedürfnisse hören. Vielleicht kann ich sie ja auch dafür begeistern, dass sie mir helfen, mit den Menschen zu reden. Denk doch mal darüber nach! Wir könnten uns verteilen und den Menschen von Jesus erzählen, bis das Spiel vorbei ist. Heute Abend könnten wir Dutzende Menschen mit Jesus bekannt machen. Wir könnten –«

Sie nahm seine Hand und fühlte ihm den Puls. »Du wirst ihnen doch nicht sagen, dass du Stimmen hörst, oder?«

»Na ja ... ich weiß nicht. Sie sind meine besten Freunde. Meine Partner. Sie können bestimmt damit umgehen.«

»Nein, das können sie vermutlich nicht«, widersprach sie und ließ sein Handgelenk los. »Glaub mir. Du solltest zuerst mal niemandem davon erzählen. Überleg dir einfach ... eine andere Möglichkeit.«

»Prima. Aber du kommst mit?«

»Wie könnte ich ablehnen?«, fragte sie. »Ich habe Angst, dich aus den Augen zu lassen. Das könnten die Vorläufer eines Schlaganfalls oder so etwas sein. Ist dein Arm taub, Sam?«

»Nein«, erwiderte er. »Kate, ich fühle mich großartig. Nichts ist taub. Ich habe kein Fieber und kein Herzklopfen. Ich habe einfach diese Gabe bekommen.«

Sie konnte ihre Sorge noch nicht ablegen. Ungläubig starrte sie ihn an. »Ich komme mit, aber ich behalte mir das Recht vor, dich nach dem Spiel ins Krankenhaus zu bringen, wenn ich das für nötig erachte.«

Er grinste und zog sie an sich. »In Ordnung. Die Menschen im Krankenhaus brauchen schließlich auch Jesus!«

Kapitel 7

Sam und Kate kamen kurz nach dem Anpfiff im Stadion an. Sam zwängte sich durch die Menschenmassen zu der Sektion, in der er und seine Freunde ihre Stammplätze hatten. Die drei Männer waren bereits da. Sie saßen nebeneinander und verfolgten aufgeregt das Geschehen auf dem Spielfeld. Sam führte Kate den Gang entlang zu den beiden leeren Plätzen.

»Hey Jungs, wie geht's?«

Bill sah auf und schüttelte ihm die Hand. »Hallo Kate, wolltest du Sam heute einmal begleiten?«

Sie lächelte ihn betont fröhlich an. »Ob ihr mir das wohl je verzeihen könnt?«

»Mann, das wird aber ein schlechtes Licht auf uns werfen«, meldete sich Jeff zu Wort. »Wenn Andrea rauskriegt, dass du auch da warst, dann können wir das nächste Mal alle unsere Frauen mitbringen.«

Sam sah Kate an und hoffte, dass sie nicht beleidigt war. »Na weißt du, das wäre ja nicht das Schlimmste.«

»Also, ich kann ja auch wieder nach Hause gehen ...«

»War doch nur ein Witz, Kate«, entschuldigte sich Jeff. »Ich habe das nicht ernst gemeint.«

Aber Sam wusste, dass das nicht stimmte. Er drückte Kates Hand, als sie ihre Plätze einnahmen. Er sah hinunter auf das Spielfeld. Die State University hatte gerade den ersten Punkt geholt. Jubel erhob sich um sie herum, und seine Freunde sprangen auf.

Dann hörte er es.

»Ich brauche ein Wunder.«

Sam sah sich um und versuchte die Stimme zuzuordnen. Sie war von links gekommen, aber er konnte nicht genau sagen von welcher Person.

»Ich werde sterben, gleich hier, an Ort und Stelle. Ich werde sterben und verwesen.«

Das kam aus der Reihe hinter ihm, und er drehte sich um. Alle Fans hinter ihm waren auf den Beinen und brüllten aus Leibeskräften.

Neben sich hörte er Bills Stimme, hoch und laut, während er dem Schiedsrichter zubrüllte, er solle gefälligst ein Foul melden. Aber da war noch eine andere Stimme, die auch von Bill kam. Eine leisere, die Sam ins Ohr zu flüstern schien. »Ich bin zu nichts zu gebrauchen. Ich bin wertlos.«

Stirnrunzelnd sah er zu seinem Freund hinüber. Er konnte kaum glauben, dass ein so trauriger Gedanke aus Bills Seele kam, während er mit Begeisterung das Spiel verfolgte. Bevor er noch reagieren konnte, hörte er eine andere Stimme aus der Reihe vor ihm.

»Das macht alles keinen Sinn. Es ist reiner Zufall. Nur Zufall.«

Und dann die Stimme einer Frau. »Ich weiss nicht, wo ich von hier aus hingehen soll. Ich finde nicht mehr zurück nach Hause.«

Keines der zu den Stimmen gehörenden Gesichter wirkte deprimiert oder betrübt. Gefesselt verfolgten die Menschen das Spiel, als wäre es das Wichtigste in ihrem Leben. Sam war erstaunt über die gegensätzlichen Botschaften, die er tief aus ihrem Inneren hörte.

Ihm wurde übel, und er merkte, dass er schwitzte. Kate sah zu ihm hinüber, als er anfing, seinen Kragen aufzuknöpfen.

»Liebling, bist du okay?«, fragte sie.

Er schüttelte den Kopf. »Nein, bin ich nicht. Die Stimmen ... sie sind überall.«

Sie starrte ihn besorgt an. Seine Hände zitterten wieder. Es war wie in der Apotheke, nur schlimmer. Die Stimmen umgaben ihn, verfolgten ihn, hämmerten in seinem Kopf. Es gab kein Entrinnen.

»Soll ich dir etwas zu trinken holen? Oder vielleicht einen Krankenwagen kommen lassen?«

»Etwas zu trinken wäre gut, aber keinen Krankenwagen. Ich komme mit.« Er stand auf, und Jeff beugte sich über Bill zu ihm hin.

»Hey, wo willst du hin? Du bist doch gerade erst gekommen.«

»Ich habe Kopfschmerzen, und ich –«

Die Worte übertönten das, was Jeff eigentlich sagte. »WAS IST NUR LOS MIT MIR? WARUM KANN ICH KEINE FRUCHT BRINGEN?«

Sam sah Jeff in die Augen. Er setzte an und wollte die Frage beantworten, aber er konnte nicht klar denken. Eine plötzliche Panik erfasste ihn – was würde sein Freund davon halten, dass er in seinem Herzen lesen konnte? Er packte Kate an der Hand und rannte beinahe einen Zuschauer um, als er versuchte, aus der Reihe herauszukommen. Im Laufschritt eilte er über die Tribüne, bis sie den Gang mit den Getränkeständen erreicht hatten. Da das Spiel gerade erst begonnen hatte, herrschte hier noch nicht viel Betrieb. Er entdeckte einen leeren Platz und lehnte sich gegen die Wand. Sofort war Kate an seiner Seite.

»Sam, irgendetwas stimmt doch nicht mit dir! Du schwitzt und keuchst, als hättest du gerade einen Marathonlauf hinter dir! Hast du einen Herzanfall?«

»Nein«, erwiderte er. »Es sind die Stimmen, von denen ich dir erzählt habe. Ich höre sie überall. Das ist eine Qual.«

Sie starrte ihn einen Augenblick an. Ihre Augen füllten sich mit Tränen. Sie presste die Hand auf den Mund und wandte sich von ihm ab.

Er stieß sich von der Wand ab und drehte sie zu sich herum. »Kate, was ist los? Warum weinst du?«

»Weil ich Angst habe, dass du verrückt wirst«, erwiderte sie mit gepresster Stimme.

»Ich bin nicht verrückt«, widersprach er. »Habe ich dir nicht eben auch schon gesagt, was du gedacht hast?«

»Ja, aber das ist so komisch, Sam. Es macht mir Angst! Ich weiß nicht, ob ich damit umgehen kann.«

»Ich habe zuerst ja auch so gedacht. Doch dann habe ich diese Gabe eingesetzt, und ... ich kann das wieder tun. Du wirst sehen. Die Menschen dort draußen haben alle tiefe Sehnsüchte, und Gott kann sie stillen. Sie leiden, Kate!«

Als wären seine Worte ein weiterer Beweis dafür, dass er verrückt war, schüttelte sie den Kopf. »Diese Leute sehen begeistert dem Spiel zu. Die Hälfte davon ist betrunken. Sie leiden überhaupt nicht.«

»Doch, das tun sie«, widersprach er. »Ich habe ihre Not gehört, auch wenn sie sie nicht laut aussprechen. Ich habe Antworten für sie.«

»In Ordnung«, sagte sie in dem Bemühen, sich zu beruhigen. Sie fuhr sich über die Augen. »Was werden wir tun? Einen nach dem anderen vom Spiel fortzerren und ihnen ihr tiefstes Bedürfnis auf den Kopf zusagen?«

»Ich weiß es nicht«, seufzte er. Er sah die wenigen Menschen an, die in der Nähe der Kiosks herumschlenderten. »Ich weiß nur, dass ich nichts bewirken kann, wenn ich nur hier herumstehe.« Er ging auf den Kiosk zu. Vorsichtig folgte sie ihm. Ein paar Leute bestellten Popcorn und Hotdogs.

Kate beobachtete ihn genau, doch er wusste, ihre Sorge hatte mehr mit seinem Gesundheitszustand zu tun als mit seiner geistlichen Gabe. Sie verstand das Ganze noch immer nicht. Aber wer konnte ihr das verübeln? Es war ja auch unglaublich!

»WAS SOLL ICH NUR MEINER FRAU SAGEN?« Die Stimme kam von einem hochgewachsenen Mann in seiner Nähe. Er stopfte sich Popcorn in den Mund, während er auf sein Getränk wartete. »SIE WIRD MICH VERLASSEN. DANN BIN ICH GANZ ALLEIN. ICH WEISS NICHT, WIE ICH DIE SACHE IN ORDNUNG BRINGEN SOLL.«

Die Worte waren so persönlich, so intim, dass Sam wünschte, er würde auf der Stelle vergessen, was er gehört hatte, aber er zwang sich, vorzutreten. »Entschuldigen Sie, aber ... na ja ... ich habe das Gefühl ... dass in Ihrem Leben gerade einiges schief geht.«

Der Mann warf ihm einen verärgerten Blick zu. »Was meinen Sie?«

»Ich meine, mit Ihrer Frau. Sie fragen sich, wie Sie ihr eine Sache beibringen sollen, und Sie haben Angst, dass sie Sie vielleicht verlassen wird.«

Der Mann schnappte nach Luft und trat einen Schritt zurück. Kate packte Sam am Arm und drückte ihn, so als wolle sie ihm sagen, er solle die Sache vorsichtiger angehen. »Sind Sie ein Detektiv?«, fragte der Mann. »Hat meine Frau Sie angeheuert?«

Die Frage verwunderte Sam. »Nein, ganz sicher nicht.«

»Denn wenn sie es getan hat, können Sie ihr sagen, dass sie ihre Zeit vergeudet. Sie wird mich bei gar nichts erwischen. Haben Sie das verstanden?«

»Mann, es geht doch gar nicht darum, Sie bei irgendetwas zu erwischen«, erklärte Sam. »Ich weiß nicht, in was Sie verwickelt sind. Ich weiß nicht, was in Ihrer Familie los ist. Ich weiß nur, dass Sie nicht hier sitzen und sich fragen müssen, wie es wohl sein wird, ganz allein zu sein.«

Das Gesicht des Mannes verzerrte sich. Der Verkäufer brachte sein Getränk, doch der Mann bemerkte ihn gar nicht. »Das macht sechs Dollar«, sagte der Verkäufer und streckte seine Hand aus. Der Kunde ignorierte ihn und starrte Sam weiterhin an.

»Geben Sie die ganze Sache an Gott ab«, beschwor Sam ihn. »Glauben Sie an ihn, und er wird Sie ... führen.« Sam schwor sich, mehr in der Bibel zu lesen, sobald er Gelegenheit dazu hatte.

Schließlich bemerkte der Mann, dass der Verkäufer auf sein Geld wartete. Er griff in seine Tasche, holte einige Münzen heraus und knallte sie auf die Theke. Bevor er seine Sachen nahm, wandte er sich Sam zu. »Was hat sie gesehen? Sind Sie mir gefolgt? Haben Sie Fotos?«

Sam sah Kate an. Ihr Griff an seinem Arm verstärkte sich. »Nein, nichts dergleichen. Ich weiß ja nicht einmal, wer Sie sind.«

Der Mann nahm sein Essen und wandte sich ab. »Wissen Sie was, ich wollte mir eigentlich ein Spiel ansehen.«

»Natürlich«, erwiderte Sam. »Machen Sie nur. Aber denken Sie an das, was ich gesagt habe.«

Der Mann ging immer schneller, bis er um eine Ecke verschwand.

Kate schnappte nach Luft. »Warum hast du das gemacht?«

»Weil ich ihn gehört habe«, erklärte Sam. »Er sagte: ›*Was soll ich bloß meiner Frau sagen?*‹ Sie würde ihn bestimmt verlassen, und dann würde er allein zurückbleiben. Das ist im Augenblick seine geistliche Not. Ich habe versucht, sie anzusprechen.«

»Na ja, das war sicher gut«, meinte Kate. »Such dir aber vielleicht das nächste Mal besser einen Typen aus, der nicht wie Arnold Schwarzenegger gebaut ist. Er hätte dir die Nase einschlagen können.« Sie ließ seinen Arm los und starrte ihn an. »Es tut mir Leid, Liebling, aber das ist alles wirklich sehr ungewöhnlich. Die Menschen werden nicht so einfach akzeptieren, dass du hingehst und ihnen aus heiterem Himmel so etwas sagst.«

»Aber ich hatte Recht. Hast du nicht den Ausdruck auf seinem Gesicht gesehen?«

»Ja! Darum war es ja auch so seltsam.« Sie senkte ihre Stimme, da jemand vorbeikam. »Sam, glaubst du wirklich, dass diese Gabe von Gott ist?«

»Wo sollte ich sie sonst herhaben? Ich bin kein Psychopath. Ich sage dir, das ist real, und es funktioniert. Pass nur auf. Du kannst mir helfen«, sagte er. »Wir beide können auf die Leute zugehen, und du kannst abfedern, was ich sage, falls ich sie einschüchtere.«

Sie sah aus, als wäre sie den Tränen nahe. »Sam, du weißt, dass ich das gern tun würde. Aber ich kann bestimmt nicht einfach auf jemanden zugehen und ein solches Gespräch beginnen.«

»In meinem Inneren ist nichts als Leere«, hörte Sam eine Stimme hinter sich.

Er wirbelte herum und entdeckte einen anderen Mann am Kiosk. Er lungerte vor der Auslage mit Süßigkeiten herum, als könnte ihn das ausfüllen.

»WENN ICH MEIN INNERES NACH AUSSEN KEHREN KÖNNTE, WÜRDE ICH EINFACH VERSCHWINDEN.«

Sam verzog schmerzlich das Gesicht, und Kate trat näher. »Hast du wieder was gehört?«, flüsterte sie.

»Ja. Dieser Mann dort drüben. Er sagte, in seinem Inneren sei nichts als Leere.«

Sie blickte ihn mitfühlend an. »Das ist traurig.«

»Das siehst du ganz richtig. Bleib hier. Ich werde mit ihm sprechen.«

Widerstrebend wandte sich Kate der Theke zu, als überlegte sie, was sie bestellen sollte. Sam trat hinter den Mann in der Schlange. »Hey, wie geht's?«, fragte er. Er streckte dem Fremden die Hand hin. »Ich heiße Sam. Kann ich einen Augenblick mit Ihnen sprechen?«

»Worüber?«, fragte der Mann.

»Über Ihre Seele.«

»Oh Mann!« Der Mann verdrehte die Augen, winkte ab und wollte sich entfernen.

»Ihre innere Leere ist so groß, dass Sie, wenn Sie Ihr Innerstes nach außen kehren könnten, einfach verschwinden würden«, platzte Sam heraus.

Der Mann blieb abrupt stehen und drehte sich langsam um. Der Mund blieb ihm offen stehen. »Wer sind Sie?«

Sams Herz klopfte zum Zerspringen. »Ich bin ein Freund«, erklärte er. »Jemand, den Gott Ihnen über den Weg geschickt hat, wie ich glaube, damit er mit Ihnen über diese Leere sprechen kann.«

Der Verkäufer am Kiosk beugte sich vor und versuchte, die Aufmerksamkeit des Mannes auf sich zu ziehen. »Entschuldigung. Kann ich Ihnen helfen?«

Der Mann sah zu ihm hoch. »Äh ... nein.« Erstaunt blickte er Sam an. »Wo wollen wir reden?«, fragte er.

»Wir könnten uns hier an die Seite stellen«, schlug Sam vor. »Das ist ein guter Platz.«

Der Mann nickte und folgte ihm. Kate blieb zurück und beobachtete die Beiden. Sie konnte es kaum fassen.

Das erste Viertel des Spiels war beinahe zu Ende, als Sam mit dem Mann betete. Er begegnete Kates Blick und bemerkte ihre Tränen. Doch dieses Mal betrachtete sie ihn nicht als Fall für die Klapsmühle. Ganz offensichtlich war sie überwältigt.

Und bei Sam war das nicht anders. Der Mann hatte ganz dringend hören müssen, was Sam ihm zu sagen hatte. Er betrachtete Sam als ein Werkzeug Gottes, und Gott erhörte ein Gebet, von dem der Mann nicht einmal wusste, dass er es gesprochen hatte.

Die Beiden tauschten ihre Visitenkarten aus, damit Sam sich später bei ihm melden konnte, und der Mann ging zu seinem Platz zurück. Kate kam zu Sam herüber und umarmte ihn. »Das war das überwältigendste Erlebnis, das ich je mitbekommen habe.

Sam hatte das Gefühl zu schweben. »Das war wirklich was, nicht? Mensch, wenn ich gewusst hätte, dass es so großartig ist, einen Menschen zu Jesus zu führen, dann hätte ich schon viel früher damit angefangen.«

»Da seid ihr ja!«, rief jemand.

Sam sah Jeff den Gang entlangkommen. »Mann, wir haben uns schon gefragt, wo ihr abgeblieben seid. Das erste Viertel ist vorüber. Pratt hat gerade einen Touchdown geschafft. Es war toll. Das hättest du sehen müssen.«

»Ich habe selbst gerade einen Punkt geholt«, erklärte Sam.

Jeff runzelte die Stirn und sah auf Kate herab, dann trat er näher. »Was meinst du?«

»Ich meine, ich habe gerade hier gestanden, und da war dieser Typ. Ich habe angefangen, mit ihm über Gott zu sprechen, und Jeff ... du wirst es nicht glauben, aber dieser Mann hat sich bekehrt. Ich habe mit ihm gebetet und er hat Jesus in sein Leben eingeladen.«

Jeff runzelte die Stirn. »Du machst Witze.«

»Nein, ich mache keine Witze. Es ist wirklich passiert. Kate kann das bestätigen.«

Jeff blickte erst Kate an, dann wieder Sam. »Mann, Johns Predigt am Sonntag scheint dich ja voll erwischt zu haben.«

Ihm lag auf der Zunge zu sagen, dass die Predigt bei ihm in ein Ohr hinein und zum anderen wieder herausgegangen war, bis Gott selbst zu ihm gesprochen hätte, aber er grinste nur. »Du solltest es auch versuchen«, schlug er vor. »Wohin du auch blickst, überall sind Menschen, die Gott brauchen. Es sind so viele.«

»Mann, wenn ich das täte, würde der Atheismus Überhand nehmen.« Jeff beugte sich vor und bestellte ein Getränk.

Sam erinnerte sich an das, was er von Jeff auf den Zuschauerrängen gehört hatte. »Du denkst, du wärst nicht zu gebrauchen?«

Jeff wandte sich um. »Na ja ... ja, ich denke schon. Ich meine, da ist so vieles in meiner Vergangenheit. Selbst nachdem ich Christ geworden war, habe ich noch so ein paar Dinge getan, die meine Glaubwürdigkeit erschüttern würden.«

»Was hat Jesus dazu gesagt? ›Wenn dich dein rechtes Auge ärgert, so reiße es heraus?‹«

Jeff grinste. »Ich habe noch nie gehört, dass du einen Bibelvers zitierst.«

Sam zuckte die Achseln. »Mann, ich zitiere praktisch den ganzen Tag schon Bibelverse. Die meisten vermutlich falsch, aber wenigstens versuche ich es. Habe ich den denn richtig auf die Reihe gekriegt?«

»Ich glaube schon.«

»Ich weiß nur, dass es dort draußen unendlich viele Menschen gibt, die Jesus nicht kennen. Denk doch nur, wie sich ihr Leben verändern würde, wenn sie ihm begegnen würden!«

Jeff wurde unbehaglich zu Mute. »Ich wüsste nicht einmal, wo ich anfangen sollte.«

»Komm einfach mit«, schlug Sam vor. »Bleib in meiner Nähe, dann wirst du erleben, was Kate gerade erlebt hat. Es ist überwältigend. Ich spreche jemanden an, und wir fangen an zu reden, und ...«

»Mann«, unterbrach Jeff ihn, »ich habe doch nicht vierzig Dollar für dieses Ticket bezahlt, damit ich das Spiel von hier hinten sehe.«

Sam versuchte, seine Enttäuschung zu überspielen. »Okay, das ist in Ordnung. Wir können es ja später versuchen.«

»Tja«, erwiderte Jeff. Verärgert bezahlte er sein Getränk, dann wandte er sich wieder an Sam. »Kommst du nicht mit?«

»Ich weiß nicht«, antwortete Sam. »Es ist ziemlich laut, und meine Ohren sind sehr empfindlich.«

Jeff blickte Kate fragend an. »Ist er krank?«

»Ich glaube nicht, Jeff.«

Er nahm einen Schluck von seinem Getränk und ging zur Treppe zurück. Kate sah Sam an. »Weißt du, vielleicht ist er kein richtiger Christ. Vielleicht ist der Glaube für ihn nur Theorie. Möglicherweise kennt er Jesus gar nicht.«

Sam schüttelte den Kopf. »Nein, ich habe seine innere Not auch gehört – es ging um das Frucht tragen. Das würde ihm nicht zu schaffen machen, wenn er kein Christ wäre. Er weiß nur einfach nicht, wie er anfangen soll, sich gebrauchen zu lassen.«

»Ich auch nicht.«

Sam blickte sie an. »Erzähl ihnen einfach, was Jesus für dich getan hat. Das hat John mir heute Morgen gesagt. Mehr braucht es nicht und so schwierig ist das gar nicht.«

»Aber ich kann ihre Bedürfnisse nicht hören«, hielt sie dagegen. »Ich habe nicht so viel Einblick wie du.«

»Doch, das geht schon. Ich kann dir ja sagen, was ich höre.«

Eine Frau trat an den Kiosk, und seine Worte verklangen, als er ihre Stimme hörte. »ICH KANN NIEMANDEM TRAUEN. AUF KEINEN IST MEHR VERLASS. ICH BRAUCHE JEMANDEN, DER MIR SAGT, WAS ICH TUN SOLL, ABER ES IST NIEMAND DA.«

»Sprich mit ihr«, flüsterte Sam Kate zu. »Geh einfach zu ihr und fang ein Gespräch an.«

Das Entsetzen packte sie. »Ich weiß doch gar nicht, was ich sagen soll. Was hast du gehört?«

»Sie kann niemandem vertrauen; sie wünscht sich jemanden, der ihr sagt, was sie tun soll. Na los, Kate, sprich mit ihr.«

»Aber Sam ...«

»Kate, Gott gibt dir hier eine Gelegenheit. Du willst sie doch nicht verpassen, oder?«

»Das ist nicht fair«, widersprach sie. »Er hat *dir* diese Gelegenheit gegeben, nicht mir.«

Er schüttelte den Kopf. »Nein, ich werde dort rübergehen und mit diesem Mann sprechen. Und wenn du mit ihr ins Gespräch kommst und ich mit ihm, dann könnten wir in kurzer Zeit gleich zwei Menschen zu Christus führen.«

Kate sah die Frau an. Sie nahm ihr Tablett mit Essen und wollte gerade gehen. »Ich kann das nicht!«, flüsterte sie.

Sam blickte sie an. »Schaffst du es wirklich, ihre Gefühle zu kennen, zu wissen, dass sie leidet – und nichts zu tun? Du bist doch Krankenschwester. Wenn sie mit einem Herzanfall zu Boden sinken würde, dann würdest du doch sofort zu ihr laufen und erste Hilfe leisten, nicht wahr? Wo liegt der Unterschied?«

Kate beobachtete, wie die Frau zur nächsten Theke ging, um Ketchup zu holen. Sie warf Sam einen Blick zu, atmete tief durch und ging auf die Dame zu. »Entschuldigen Sie!«

Die Frau wandte sich um.

»Äh ... « Kate wusste nicht, was sie sagen sollte. »Sie ... Sie sind ganz schön bepackt. Ich würde Ihnen gern helfen.«

Die Frau blickte sie misstrauisch an. »Das geht schon. Ich habe es nicht weit.«

Kate blickte sich verlegen zu Sam um. Er blinzelte ihr zu, dann bewegte er sich auf den Mann an der Theke zu.

»Sehen Sie ... ich weiß, das ist seltsam«, hörte er sie sagen. »Aber ich habe das komische Gefühl ... dass Sie jemanden brauchen, mit dem Sie reden können, aber dass Sie niemandem trauen können, und, na ja ... ich weiß, Sie kennen mich gar nicht, aber ich bin eine gute Zuhörerin, und ...«

Sam grinste, als er den Mann erreichte.

»WENN NUR JEMAND GRÖSSERES ALLES IN DER HAND HIELTE«, sagte der Mann, »UND ICH NICHT AUF DIESEN TYRANN ANGEWIESEN WÄRE, FÜR DEN ICH ARBEITE.«

Sam griff nach den Strohhalmen auf dem Tisch und warf sie aus Versehen um. Der Mann bückte sich und half Sam dabei, sie aufzuheben. »Ich bin heute so ungeschickt«, sagte Sam. Er hielt ihm die Hand hin. »Sam Bennett.«

Sie begannen ein Gespräch, und Sam erzählte ihm, wer eigentlich alles in der Hand hatte.

Kapitel 8

Sam kehrte erst zu seinem Platz zurück, als das Spiel schon fast zu Ende war. Seine Freunde, die eigentlich immer sehr viel Verständnis füreinander hatten, zogen einer nach dem anderen Kate beiseite und fragten sie, ob mit Sam alles in Ordnung sei. Es waren wirklich gute Freunde, alle miteinander. Die Vier waren sich bei einer Männerfreizeit drei Jahre zuvor näher gekommen. Danach hatten sie eine Gebetsgruppe gegründet, die sich einmal in der Woche in Bills Büro traf. Sie beteten füreinander und erzählten sich von ihren Kämpfen und Siegen. Doch als sie nach dem Spiel zusammen mit der Zuschauermenge zum Ausgang drängten, musste Sam unwillkürlich daran denken, dass keiner von ihnen im Laufe der Jahre viel Frucht zu verzeichnen gehabt hatte. Sie waren in ihrer kleinen Gruppe stecken geblieben und hatten im Grunde genommen gar nichts getan, um Menschen für Gott zu erreichen.

Bei ihrem Wagen angekommen wandte Kate sich zu ihm um. »Weißt du was, ich glaube, ich würde jetzt am liebsten nach Hause fahren. Ich bin ziemlich geschafft. Sam, kannst du dich nicht von einem der anderen mit nach Hause nehmen lassen?«

Sam warf ihr einen Blick zu und wollte sie gerade auffordern, noch nicht nach Hause zu fahren, als ihm klar wurde, dass sie ihm Zeit geben wollte, um ernsthaft mit seinen Freunden zu reden.

»Ich bringe ihn nach Hause, kein Problem«, erbot sich Bill.

»In Ordnung. Bis dann mal.« Sie drückte Sam einen Kuss

auf die Lippen und flüsterte: »Sei vorsichtig.« Er beobachtete, wie sie in den Wagen stieg, dann gesellte er sich zu seinen Freunden. »Also, was war los? Du hast das ganze Spiel über im Gang gestanden und Menschen zu Christus geführt?«, fragte Bill, als sie zu seinem Wagen gingen.

»Mann, ich weiß, das klingt verrückt, und vermutlich werdet ihr das gar nicht glauben. Aber ich habe einen total verrückten Tag hinter mir. Ich habe mir heute frei genommen und war mit John zusammen. Wir haben mit vielen Menschen gesprochen und Krankenbesuche gemacht. Er hat den Menschen von Jesus Christus erzählt, und dann habe ich auch mitgemacht. Es war einfach unglaublich.«

Augenzwinkernd hörte sich Bill die Geschichte an. »Das klingt großartig, Mann, aber glaubst du wirklich, jemand, der in einem Stadion ein Gebet spricht, wüsste so richtig, worauf er sich einlässt?«

Sam runzelte die Stirn. »Was meinst du damit?«

»Denkst du nicht, dass du es dir ein wenig zu leicht machst? Sie zu etwas verführst und dann nicht dranbleibst?«

»Das tue ich nicht«, widersprach Sam. »Sie brauchen Jesus Christus, und ich versuche, ihnen zu zeigen, wo sie ihn finden können.«

»Tut mir Leid«, entschuldigte sich Bill. »Ich wollte dich nicht kritisieren. Ich bin halt einfach skeptisch und frage mich, ob es überhaupt richtig passiert ist, wenn es so einfach war.« Sie erreichten seinen Wagen, und er schloss die Tür auf. Alle Männer stiegen ein.

»Ich weiß nur«, sagte Sam, als er sich neben Jeff auf den Rücksitz setzte, »dass wir uns einmal in der Woche treffen, über Gott sprechen und über all die Dinge, die er in unserem Leben tut. Wir beten füreinander und lesen in der Bibel, aber wer von uns hat jemals wirklich einen Menschen zu Christus geführt?«

Die anderen schwiegen, während Bill sich in die Autoschlange einfädelte, die den Parkplatz des Stadions verließ. »Die Ernte dort draußen ist reif, und Gott braucht Arbeiter«, erklärte Sam.

»Ich bin eben der Meinung, dass ich den Menschen durch mein Leben ein Vorbild sein kann«, gab Steve über die Schulter zurück. »Bei der Arbeit wissen die Kollegen, dass ich anders bin. Sie sagen mir immer wieder, dass ihnen meine Ehrlichkeit und Zuverlässigkeit auffällt. Und dann kann ich ihnen erklären, dass ich Gott kenne und deshalb anders bin.«

»Wie oft ist das passiert?«, fragte Sam. Das interessierte ihn ernsthaft. »Ich will dich wirklich nicht anmachen. Ich bin nur neugierig. Wie oft ist jemand zu dir gekommen und hat dich gefragt, wieso du so anders bist?«

Steve dachte einen Augenblick nach. »Na ja, letztes Jahr, als Joan Krebs bekam, haben die Kollegen mein gefasstes Verhalten bemerkt. Mehrere haben mich darauf angesprochen.«

»Und was hast du ihnen gesagt?«, fragte Sam.

»Ich habe ihnen gesagt, mein Glaube würde mir helfen, das durchzustehen.«

»Hast du ihnen von Jesus erzählt? Hast du mit ihnen gebetet?«

»Nein. Das war auch nicht passend.«

»Und diese Leute sind heute Christen?«

Steve wurde langsam ärgerlich. »Was willst du eigentlich, Mann? Bist du jetzt plötzlich ein Heiliger oder was?«

Sam seufzte. »Nein, ganz und gar nicht. Ich versuche, euch klarzumachen, wie lahm es ist, einfach nur zu hoffen, dass jemand unser Christsein an unserem Gesichtsausdruck erkennt.« Die anderen beiden Männer waren auch etwas pikiert, darum hielt sich Sam ein wenig zurück. Bill bog auf den Parkplatz ihrer Stammkneipe ab. Schweigend gingen sie hinein. Sam schloss die Augen und wünschte, er könnte nicht hören, wie die Seele der Kellnerin klagte, sie fühle sich so machtlos und wertlos. Er versuchte, die Stimme des Mannes zu ignorieren, der der Meinung war, dass niemand sich für ihn interessierte, oder der Mutter, die fand, ihr Leben sei zu chaotisch, oder des Mädchens, dessen Furcht sie zu überwältigen drohte, oder des alten Mannes, der die Tatsache bereute, dass er nie etwas aus sich hatte machen können. All diese Nöte, diese Ängste, diese Leere. Sams Augen brannten, als sie einen Tisch gefunden hatten und Platz nahmen.

Es sind so viele Menschen hier drin, dachte er. *Ich kann es gar nicht schaffen, mit allen über ihre Not zu sprechen.* Er brauchte Hilfe. Er brauchte andere, die die Last mit ihm teilten.

Sie setzten sich an den Tisch, und die anderen Drei nahmen sich die Speisekarte vor. »Seht mal«, begann Sam. »Seht euch hier im Lokal um. Dieses Mädchen dort drüben, sie hat eine absolute Todesangst. Sie hat das Gefühl, das Leben sei viel zu groß für sie und würde sie erdrücken, sodass sie keine Luft mehr bekommt.«

Bill sah zu dem Mädchen hinüber. Sie wirkte überhaupt nicht hoffnungslos. »Wovon sprichst du?«, fragte er.

»Und dieser alte Mann dort drüben«, fuhr Sam fort, »er glaubt, er hätte nichts aus seinem Leben gemacht.«

»Na ja, wenn er es bis jetzt nicht geschafft hat«, sagte Jeff, »wird es ihm vermutlich auch nicht mehr gelingen.«

»Er könnte erkennen, dass er wertvoll ist, weil er nach Gottes Bild erschaffen ist, dass er etwas Besonderes ist, weil jemand für ihn gestorben ist. Er kann ein Heiliger sein und ein Erbe Christi. Wir haben diese Information. Warum enthalten wir sie ihm vor?«

»Wie bitte?«, fragte Steve. »Komm schon, Sam, du bist aber jetzt ein bisschen sehr dramatisch.«

»Jemand muss es ihm sagen, Steve«, forderte Sam. »Und siehst du diese Frau dort drüben? Sie hat den Eindruck, dass niemand sie liebt. Sie fühlt sich vollkommen allein. Und die Kellnerin, die uns zum Tisch gebracht hat, fühlt sich unbedeutend.«

Steve starrte ihn fassungslos an. »Woher weißt du das alles?«

»Ich weiß es einfach«, erklärte Sam. »Jeder Einzelne hier hat mit einer geistlichen Not zu kämpfen. Nehmen wir zum Beispiel euch Drei ... ihr solltet Frucht bringen und die Arbeit tun, die Jesus hier auf der Erde begonnen hat. Aber nein, ihr tut es einfach nicht. Und darum wird euer Bedürfnis nicht erfüllt. Ihr steht euch selbst im Weg. Nicht die Gemeinde, nicht eure Jobs, gar nichts. Ihr selbst.«

Bill blieb der Mund offen stehen. Schnell steckte er die Nase in die Speisekarte. Steve starrte Sam an. Jeff neben ihm begann mit den Fingern auf dem Tisch zu trommeln. »Sam, wir wollten einfach nur ausgehen und Spaß miteinander haben. Uns ein Footballspiel ansehen. Ein paar Witze reißen. Warum machst du es uns so schwer?«

»Weil die Menschen um uns herum irgendwann sterben werden«, erklärte Sam. »Es gibt eine Hölle. Die ist real, und diese Menschen werden dorthin kommen. Jemand in diesem Raum kommt heute Abend vielleicht nicht mehr zu Hause an.«

Bill ließ die Hand auf den Tisch krachen. Die anderen Gäste sahen auf. »Seit wann machst du dir solche Gedanken um die Seelen der Menschen?«, zischte er verärgert.

»Eigentlich hätte ich das schon tun sollen, seit ich Christ geworden bin. Aber diese Erkenntnis ist mir leider erst heute Morgen gekommen.«

»Wir wollen das mal richtig stellen«, erklärte Steve. »Du bist also heute Morgen mit John losgezogen und hast ein paar Menschen von Christus erzählt. Und schon hältst du dich für den zweiten Apostel Paulus?«

»Nein, so ist es überhaupt nicht«, widersprach er. »Ich bin Christ. Punkt. Das ist es. Das ist alles.«

Die Kellnerin unterbrach sie und nahm ihre Bestellung auf. Sam sah sie an. So gern hätte er ihr gesagt, dass sie unendlich wertvoll war, dass sie in den Augen ihres Schöpfers sehr kostbar war. Aber er befand sich mitten im Gespräch mit seinen Freunden, und er wusste nicht, was wichtiger war.

Sie bestellten Kaffee und kalte Getränke. Nachdem die Kellnerin davongeeilt war, sah Sam jeden von ihnen an. »Lasst uns einen Plan machen«, schlug er vor. »Morgen Abend gehen wir zusammen ins Einkaufszentrum, in einen Waschsalon oder ins Krankenhaus, irgendwohin ... und wir fangen an, mit den Menschen über Jesus zu sprechen.«

Sie sahen ihn an, als hätte er ihnen vorgeschlagen, nackt im Abwasserkanal schwimmen zu gehen.

»Ich gehe morgen Abend mit meinem Sohn zu den Pfadfindern«, entschuldigte sich Bill. »Ich kann nicht mitkommen.«

Er sah Jeff an. »Was ist mit dir?«

Jeff schüttelte den Kopf. »Nein, ich habe Andrea gesagt, dass ich morgen Abend zu Hause bin. Ich bin heute schon unterwegs gewesen, und am Mittwoch ist Chorprobe ...«

»Bring Andrea doch einfach mit«, schlug Sam vor. »Es wird ihr gefallen.«

Jeff presste die Lippen aufeinander. »Ich sagte nein, Sam. Nicht morgen.«

Sams Blick wanderte zu Steve, der ihm gegenübersaß. »Komm schon, Steve, du könntest doch mitkommen.«

Steve schüttelte den Kopf. »Tut mir Leid. Ich bin ... einfach nicht bereit dazu.«

»Bereit wozu?«, fragte Sam. »Was meinst du?«

»Ich meine, ich bin nicht richtig vorbereitet. Ich weiß nicht, was ich den Leuten sagen soll. Weißt du, ich habe überlegt, dieses Evangelisationsseminar mitzumachen, von dem John uns am Sonntag erzählt hat, vielleicht ein paar Bibelverse auswendig lernen, ein wenig üben, wie ich anderen von meinem Glauben erzählen kann, bevor ich hinausgehe und es tue.«

»Mann, dazu brauchst du kein Drehbuch.« Sam sah von einem zum andern. Er fühlte sich niedergeschlagen, weil er sie nicht überreden konnte. »Wenn ihr nur hören könntet, was in den Herzen der Menschen vor sich geht!«

Bill starrte ihn mit offenem Mund an. »So wie du?«

Sam wollte es ihnen erzählen, doch er wusste, sie würden es nie glauben. »Bill, es ist unsere Aufgabe, den Menschen von Jesus zu erzählen.«

Bill seufzte, dann sah er auf die Uhr. »Es ist spät, und ich bin müde.«

Sam versteifte sich. »Unsere Getränke sind doch noch gar nicht da.«

»Ich weiß, aber ich bekomme gerade echt üble Kopfschmerzen.« Bill erhob sich. »Lasst uns gehen.«

»Mache ich dir wirklich solches Unbehagen?«, fragte Sam. »Mann, ich habe dir schon oft die Meinung gesagt. Ich habe dich nach deinem Gebetsleben ausgequetscht. Ich habe dir deine Fehler vorgehalten. Nie zuvor bist du so sauer auf mich geworden. Warum jetzt?«

Bill setzte sich wieder und rieb sich das Gesicht. »Ich bin nicht sauer, Sam. Ich verstehe selbst nicht, woher dieser Widerstand kommt.«

»Kommt es vielleicht ... von Gott? Was meinst du?«

Die anderen Männer starrten ihn an, und auf einmal wurde Sam klar, dass er es ganz falsch angefasst hatte. Er sollte sie nicht in die Ecke drängen. Er musste sie begeistern, ihnen erzählen, was er an diesem Tag erlebt hatte. Von der Freude und den Siegen. »Jungs, hört mir einfach nur zu. Ich möchte euch von ein paar Leuten erzählen, mit denen ich heute gesprochen habe. Seid einfach offen und hört zu.«

Die Kellnerin kam mit ihren Getränken, und Sam erzählte von der schwangeren Frau mit dem kleinen Mädchen, von Janie, der Kellnerin und dem Mann im Stadion, der Christus angenommen hatte. Schließlich gingen ihm die Geschichten aus, und sie blieben unbehaglich schweigend sitzen.

Er fragte sich, ob er aufgeben sollte. »Ich habe euch wirklich den ganzen Abend verdorben, nicht?«

»Nein, es ist nur schon spät«, sagte Bill. »Ich bin müde. Muss nach Hause.«

»Na gut.« Er stand auf und folgte den Freunden zum Wagen. Schweigend stiegen sie ein. Sam wurde als Erster abgeliefert. Als Bill in seine Einfahrt einbog, zögerte Sam einen Augenblick, bevor er ausstieg. »Jungs, es tut mir wirklich Leid, dass ich euch heute Abend so zugesetzt habe, aber es ist mir unheimlich wichtig.« Er wartete auf irgendeine Reaktion, aber keiner sagte ein Wort. Er öffnete die Tür. Anscheinend warteten alle nur darauf, dass er endlich ausstieg. »Bis dann, Jungs«, sagte er mit schwacher Stimme.

Sie murmelten einen Abschiedsgruß, und er ließ die Tür zufallen. Sam atmete tief durch und ging langsam zur Haustür. »Hilf ihnen, Herr«, flüsterte er, bevor er eintrat. »Wirke in ihnen, wie du in mir gewirkt hast. Gib ihnen die Gelegenheit, diese Freude kennen zu lernen.«

Kapitel 9

KATE LAG BEREITS IM BETT, als Sam ins Schlafzimmer kam. Er beugte sich zu ihr herunter und gab ihr einen Kuss auf die Wange. Sie lächelte und umarmte ihn. »John hat angerufen. Er sagte, er müsste mit dir sprechen, egal wie spät es sei.«

»In Ordnung.«

»Wie lief es mit den anderen?«

Sam begann, sein Hemd aufzuknöpfen. »Vermutlich werden sie kein Wort mehr mit mir reden.«

»Warum nicht?«

»Weil ich ihnen sehr zugesetzt habe.« Er ließ sich neben sie auf die Matratze sinken und stützte seine Ellenbogen auf den Knien ab. »Oh Kate, ich war schrecklich. Ich war nervtötend und anklagend ... Kein Wunder, dass ich bei ihnen nicht weitergekommen bin.«

»Du hättest einfach mit einem dieser Menschen reden sollen, vor ihren Augen, so wie du es bei mir getan hast. Lass sie hören, wie du jemandem von Jesus erzählst. Das hätte sie bestimmt überzeugt.«

»Ja«, erwiderte er und bedauerte die verpasste Gelegenheit. »Da war eine Kellnerin, die sich in großer seelischer Not befand. Ich war so mit ihnen beschäftigt, dass ich sie nicht angesprochen habe.«

»Du kannst morgen ja noch mal hinfahren.«

»Ja.« Er stand auf. »Ich lasse dich jetzt besser schlafen. Du musst morgen früh aufstehen.«

Sie drehte sich auf die Seite, und Sam ging ins Wohnzimmer. Er war zu aufgewühlt und konnte noch nicht schlafen. Es war erst kurz nach zehn, er konnte also John noch gut anrufen. Wenigstens einer, der noch mit ihm reden wollte! Er könnte selbst einen Zuhörer brauchen.

Seufzend wählte er Johns Nummer.

»Hallo?«

»John? Ich bin's, Sam.«

»Hallo, Sam! Ich wollte einfach noch mal hören, wie es läuft. Kate sagte, du hättest das Stadion auf den Kopf gestellt.«

»Ja«, erwiderte Sam, und allmählich kehrte auch die Freude zurück. »Mann, du hättest dabei sein sollen! Bei dem Footballspiel habe ich auch diese Stimmen gehört. Es machte mich verrückt, darum bin sich zu den Kiosks gegangen und habe da mit den Leuten gesprochen.«

»Ganz allein?«, lachte John. »Heute Morgen noch hattest du schreckliche Angst davor, einfach so mit Fremden zu sprechen.«

»Ja«, erwiderte er, »aber du hast mir geholfen, sie zu überwinden. Und dann habe ich Kate mit einbezogen, und sie hat auch mitgemacht.«

John begann zu lachen, und Sam grinste. »Was ist los?«

»Ich weiß nicht, warum ich doch immer wieder so erstaunt bin, wenn Gebete erhört werden«, sagte John.

»Du hast dafür gebetet?«

»Ich bete immer für euch. Ich bete und bitte und flehe Gott an, uns eine Erweckung zu schenken, damit unsere Mitglieder den Mut bekommen, ihren Glauben weiterzugeben – und jetzt passiert *das*! Ich fühle mich wie ein Teenager, der gerade ein neues Auto bekommen hat oder so etwas. Ist dir klar, was in unserer Gemeinde geschehen könnte? Wenn sich andere von deinem Eifer anstecken lassen und Menschen zu Christus führen, und –«

»Freu dich nicht zu früh«, unterbrach Sam ihn. »Das scheint nicht zu funktionieren.«

»Was meinst du?«

»Nun, heute Abend habe ich Bill, Jeff und Steve von meinen Erlebnissen erzählt und versucht, sie zum Mitmachen zu bewegen.«

»Hast du ihnen von den Stimmen erzählt?«

»Nein«, erwiderte er. »Ich hatte den Eindruck, dass sie damit nicht umgehen könnten. Du musst zugeben, das ist schon wirklich sehr sonderbar. Ich habe ihnen nur erzählt, dass deine Predigt vom Sonntag mich angesprochen hätte und dass ich dieses Gefühl der Dringlichkeit empfinden würde.«

»Das ist gut«, bemerkte John.

»Und wahr. Aber das Problem ist, sie waren nicht besonders interessiert. Um ehrlich zu sein, sie sind im Augenblick ziemlich sauer auf mich. Alle.«

»Warum?«

Sam schüttelte den Kopf. »Ich habe ihnen erzählt, was ich heute begriffen habe. Ich habe ihnen von den Menschen erzählt, die wir besucht haben und von dem, was passiert ist. Sie haben mich nur angesehen, als wäre ich verrückt geworden, als wären sie ärgerlich, dass ich die Frechheit besitze, sie mit so etwas zu belästigen.«

»Sie fühlten sich angegriffen und in Frage gestellt«, erklärte John. »Auf der Kanzel lassen sie mir das noch durchgehen, aber so etwas von Angesicht zu Angesicht gesagt zu bekommen, das gefällt niemandem besonders gut.«

»Aber ich habe auch ihre Not gehört. Ich habe gehört, was sie empfinden. Dass sie gerne gebraucht werden wollen, dass sie Frucht bringen wollen. Der Heilige Geist in ihnen schreit danach, etwas zu tun.«

»Aber ihr Fleisch ist halt so schwach. Sie erkennen gar nicht, dass sie das wollen«, sagte John.

»Sie hatten jede Menge Ausreden. Pfadfinder und Zeit mit ihren Frauen – alles Dinge, die sie noch nie von etwas abgehalten haben, was sie wollten. Und sicher war es auch Angst davor, etwas Falsches zu sagen. Es war wirklich erstaunlich.«

»Das überrascht mich nicht«, antwortete John. »Ich habe jeden Tag damit zu tun. Neunundneunzig Prozent der Gemeindemitglieder verhalten sich so.«

»Was ist mit diesem Evangelisationsseminar, von dem du gesprochen hast?«, fragte Sam. »Hast du nicht gestern damit angefangen?«

»Ja.« Das klang nicht sehr begeistert.

»Und, wie ist es gelaufen? Vielleicht könnte ich einige von den Leuten anrufen.«

John schwieg und schien darüber nachzudenken. »Ich hatte große Hoffnungen auf dieses Seminar gesetzt«, erklärte er. »Ich dachte, die Vorbereitung würde ihnen einige ihrer Ausreden nehmen. Ich dachte, vielleicht kommen ja ein paar Dutzend Leute, aber so war es nicht.«

»Wie viele sind denn gekommen?«

»Nur eine Handvoll. Weniger als eine Handvoll.«

»Na, trotzdem. Das ist doch schon was. Vielleicht kann ich sie anrufen und sie dazu bringen, mich morgen Abend zu begleiten.«

»In Ordnung«, erwiderte John. »Ich gebe dir die Namen. Das sind Menschen, die wirklich etwas bewirken wollen. Vielleicht kommen sie ja tatsächlich mit.«

Nach dem Telefonat mit John war es zu spät, noch mit den anderen zu sprechen. Er legte die Liste mit den Namen neben das Telefon, dann fiel er erschöpft ins Bett und dachte über den Traum nach, der ihn in der Nacht zuvor verfolgt hatte. Er fragte sich, ob er wohl auch diese Nacht träumen würde. Und er fragte sich, ob er die Gabe noch haben würde, wenn er morgen früh aufwachte.

Doch als er am folgenden Morgen aufstand, merkte er, dass sie noch da war. Er hörte nämlich Kates Stimme. Sie sehnte sich danach, wieder einem Menschen auf den Weg zu Gott zu helfen.

Da er es selbst kaum noch abwarten konnte, begann Sam die Leute auf der Liste anzurufen, die John ihm gegeben hatte. Der Erste, den er erreichte, erklärte ihm, er könne nicht mitgehen, er habe Angst und hoffte, das Seminar würde ihm helfen, seine Furcht zu überwinden.

»Mir fällt es schwer, meine Gedanken in Worte zu fassen«, erklärte der Mann. »Mir wäre es lieber, wenn ich noch ein paar Wochen warten könnte.«

Der Nächste hatte eine ähnliche Entschuldigung. »Ich habe heute Abend bereits Eintrittskarten für ein Musical. Meine Frau würde mich umbringen, wenn ich zurücktreten würde.«

Einen nach dem anderen rief er an, und obwohl sein Anliegen auf etwas mehr Offenheit stieß als bei den Jungs gestern, hatte er den Eindruck, dass auch diese Leute schreckliche Angst davor hatten, mit ihrem Glauben ernst zu machen. Gab es denn niemanden in der Gemeinde, der ihm helfen wollte? Niemand außer dem Prediger?

Er brachte Kate zur Arbeit und betrat das Schnellrestaurant, um zu frühstücken. Natürlich fragte er sich, ob Janie wohl über Nacht ihre Meinung geändert oder ihr Gespräch vergessen hatte. Aber als er hereinkam, konnte er ihr die Veränderung deutlich ansehen. Sie strahlte und wirkte ausgeruht. Ganz eindeutig war Gott in ihr am Werk. Das ganz normale Chaos im Schnellrestaurant schien an diesem Tag nicht mehr ganz so uferlos, und selbst der stets gestresste Koch wirkte gelassener.

Er setzte sich an die Theke und wartete auf die Stimmen. Janie kam sofort auf ihn zugeeilt. »Hallo, Sam. Hören Sie, gestern Abend habe ich versucht, Sie anzurufen, aber Sie waren nicht zu Hause. Ich wollte Sie etwas fragen.«

»Worum geht es denn?«

»Meine Schwester. Ich möchte ihr erzählen, was Sie mir gestern erzählt haben, ich habe nur Angst, dass mir die richtigen Worte fehlen. Ich möchte, dass auch sie Gott kennen lernt, und ich habe mich gefragt, ob Sie wohl mitkommen würden zu ihr. Ich meine, ich würde das Reden übernehmen, aber ich dachte, es wäre vielleicht ganz gut, wenn Sie mich begleiten, für den Fall, dass sie Fragen hat. Oder wenn ich eine habe. Es gibt nichts Schlimmeres als etwas erklären zu müssen, das man selbst noch nicht richtig verstanden hat.«

Mit strahlenden Augen sah er sie an. »Natürlich, Janie, das mache ich sehr gern.«

»Können wir heute Abend nach der Arbeit zu ihr fahren? Ich habe ihr gesagt, ich würde so gegen sieben kommen.«

»Ja, das geht.«

»Und wenn es nicht zu viel Mühe macht, vielleicht könnten Sie mit mir in das Restaurant gehen, in dem mein Sohn als Kellner arbeitet. Um neun Uhr hat er seine Pause, und ich hatte gehofft, dass wir vielleicht mit ihm und einigen seiner Freunde reden könnten ...«

Sam konnte es nicht fassen. Den ganzen Abend und den heutigen Morgen hatte er damit verbracht, einen einzigen Menschen in seiner Gemeinde zu finden, der ihm helfen würde, und da war nun diese Frau, die erst gestern zu Jesus gefunden hatte, und sie konnte es kaum erwarten, allen von ihrem Glauben zu erzählen. Sollte es so sein? Vermutlich.

»Ich sage Ihnen was. Ich werde meine Frau mitbringen, wenn Sie einverstanden sind. Dann können wir uns aufteilen und mehr Menschen ansprechen.«

Janie hüpfte beinahe vor Freude, als sie das hörte. »Holen Sie mich hier um halb sieben ab, dann fahren wir los«, sagte sie. »Oh, das wird so viel Spaß machen!«

Kapitel 10

WIEDER EINMAL WAR SAM FRÜHER als die meisten Kollegen an seinem Arbeitsplatz. Seine Sekretärin war noch nicht da, aber irgendjemand hatte schon Kaffee gekocht. Er holte sich eine Tasse, dann ging er in sein Büro. Aus der Schreibtischschublade holte er seine Bibel hervor. Ein altes Gemeindeblatt lag darin, aber er konnte sich nicht mehr erinnern, wann er das letzte Mal darin gelesen hatte.

Es gab so vieles, das er wissen musste. So vieles, das er lernen musste. Die Leute würden fragen. Er musste vorbereitet sein. Er wünschte, er hätte mehr Bibelverse auswendig gelernt.

Ein neuer Hunger danach, das Wort Gottes durch und durch kennen zu lernen, überwältigte ihn beinahe, und er begann zu lesen, markierte sich bestimmte Stellen und schrieb Bemerkungen an den Rand. Er nahm gar nicht wahr, als die Kollegen langsam zur Arbeit erschienen und der Arbeitstag offiziell begann. Als jemand an seine Tür klopfte, fuhr er zusammen. Er blickte hoch und sah seinen Chef Rob Simpson mit einem ihrer größten Werbekunden in der Tür stehen.

»Sam, ich dachte, Sie sollten wissen, dass Mr. Hagle da ist.«

Sam erhob sich, kam um den Schreibtisch herum und streckte ihm die Hand entgegen. »Mr. Hagle, schön, Sie zu sehen.«

»Schade, dass wir uns gestern verpasst haben«, sagte der Mann. »Ich habe mit Rob zu Mittag gegessen.«

»Mir ging es nicht besonders gut«, entschuldigte sich Sam. »Eine lange Geschichte, aber heute ist es schon wieder besser.«

Der Mann warf einen Blick auf Sams Schreibtisch. »Was lesen Sie da?«

»Die Bibel«, erwiderte Sam. Er sah auf die Uhr und bemerkte, dass es bereits nach acht Uhr war. »Oh, ich glaube, jetzt muss ich aber mal damit aufhören.«

Er hörte die Stimme des Kunden, obwohl sich seine Lippen nur zum Small Talk bewegten. »ICH WÜNSCHTE, ES STÜNDE AUCH FÜR MICH ETWAS DA DRIN. EIN LICHT AM ENDE DES TUNNELS.«

Sam ergriff die Gelegenheit, bevor er den Mut dazu verlor. »Wissen Sie, Mr. Hagle, ich habe zwar keine Ahnung, ob Sie manchmal in der Bibel lesen. Wenn nicht, sollten Sie es mal versuchen. Manchmal findet man das Licht am Ende eines langen, dunklen Tunnels.«

Der Gesichtsausdruck des Mannes veränderte sich. Stirnrunzelnd, aber interessiert sah er Sam an. »Das werde ich mir merken.«

Sam nickte. Rob beeilte sich, den Kunden aus dem Zimmer zu schieben, und Sam sah ihnen nach, bis sie um die Ecke im Flur verschwunden waren. Dann kehrte er an seinen Schreibtisch zurück, schloss seine Bibel und legte sie weg. Schnell machte er sich an die Arbeit, die auf seinem Schreibtisch auf ihn wartete. Nach kurzer Zeit klingelte sein Telefon. Er nahm den Hörer ab. »Sam Bennett.«

»Sam, hier ist Rob. Ich möchte Sie in meinem Büro sehen. Sofort.«

Sam schloss die Augen. Vielleicht war es ein Fehler gewesen, mit einem Kunden über die Bibel zu sprechen. Wollte Rob ihn nun rausschmeißen? Er eilte nervös in das Büro seines Chefs und klopfte an die Tür. Ein unfreundliches »Herein« war die Antwort.

Langsam betrat er das Büro. »Sie wollten mich sprechen?«

»Ja, und ob ich Sie sprechen wollte«, erwiderte Rob und lehnte sich auf seinem Stuhl zurück. »Ich wollte mit Ihnen über das reden, was gerade passiert ist.«

»Was ist denn gerade passiert?«, fragte Sam vorsichtig und setzte sich vor den Schreibtisch seines Chefs.

»Ich komme mit einem Kunden in Ihr Büro, und Sie sitzen da und lesen ausgerechnet in der Bibel. Und als wäre das noch nicht genug, haben Sie auch noch den Nerv, ihm vorzuschlagen, er solle das auch tun!« Rob erhob sich und wanderte aufgebracht in seinem Büro umher. »Wie steht denn die Firma jetzt da? Wie viel Vertrauen wird dieser Mann in uns setzen, wenn er sieht, wie Sie einen Haufen überholter Philosophien in sich aufnehmen und ihm dann noch sagen, er solle das auch tun?«

Sam wurde rot. »Sehen Sie, Rob, ich wusste nicht, dass Sie in mein Büro kommen würden. Ich war heute Morgen schon sehr früh da und habe angefangen, als Einstimmung auf den Tag in der Bibel zu lesen. Irgendwie ist mir die Zeit davongelaufen.«

»Sie haben in Ihrer Arbeitszeit gelesen«, warf Rob ihm vor. »Es war nicht Ihre Freizeit – es war unsere Arbeitszeit. Man kann nie wissen, wann ein Kunde vorbeikommt. Auf keinen Fall darf man sich dabei erwischen lassen, etwas so Dummes –«

»Es war nicht dumm«, widersprach Sam und sprang auf. »Die Bibel ist Gottes Wort, keine überholte Philosophie, wie Sie es genannt haben.« Zum ersten Mal wurde er seinem Vorgesetzten gegenüber laut, und er wusste, er gefährdete seinen Job.

Dann hörte er die Stimme, die tief aus Robs Seele kam. Sie war zu laut, um sie ignorieren zu können. »ICH KANN MEIN LEBEN NICHT MEHR ERTRAGEN.« Diese Worte ließen Sam innehalten. »MEIN TUNNEL IST SO DUNKEL UND LANG, DASS ER ALLES LICHT BEREITS GESCHLUCKT HAT.«

Sams Zorn verschwand, und er sah seinem Chef mit einem Mitgefühl in die Augen, das er ihm gegenüber noch nie zuvor empfunden hatte. »Rob, das Licht kann nicht geschluckt werden.«

Rob sah ihn ärgerlich an. »Wovon reden Sie? Welches Licht?«

»Das Licht am Ende des Tunnels«, erklärte er. »Die Dunkelheit wird das Licht niemals schlucken, weil es Gottes Licht ist. Es ist hier in seinem Wort zu finden.«

»Das ist doch nur ein Buch!«, schrie Rob wütend. »Nichts als Worte auf dünnem Papier, und ich möchte diesen Kram in meiner Firma nicht haben. Ich will nicht, dass religiöse Spinnereien unsere Glaubwürdigkeit den Kunden gegenüber untergraben. Entweder Sie kriegen das in Ihren Kopf, oder Sie räumen Ihr Büro und verschwinden hier.«

Sam erkannte, dass sein Chef innerlich Höllenqualen litt. Irgendetwas passierte in seinem Leben, und da er seine Gedanken nicht lesen konnte, sondern nur die Leere seines Geistes, hatte er keine Ahnung, was es sein könnte. Er nahm sich einen Block von Robs Schreibtisch und begann zu schreiben.

»Was tun Sie da?«, fragte Rob.

Sam riss die Seite heraus und reichte sie Rob. »Das ist meine Privatnummer. Rufen Sie mich an, wann immer Sie reden möchten. Ich meine wirklich jederzeit, ob Nacht oder Tag. Auch um zwei Uhr morgens. Das ist mir egal.«

»Warum sollte ich Sie mitten in der Nacht anrufen?«

Sam zuckte die Achseln. »Ich weiß es nicht. Ich habe einfach das Gefühl, dass Sie mal mit jemandem reden müssen.«

»Ich rede doch gerade! Ich habe Ihnen gesagt, Sie sollen Ihre Bibel wegstecken oder Ihre Sachen packen!«

»Ich weiß«, erwiderte er, »aber ich meine es ernst. Wenn Sie reden möchten, rufen Sie mich an. Sie könnten natürlich auch am Sonntag in die Kirche kommen. Ich besuche die Retterkirche in der Post Road. Kommen Sie doch vorbei, und dann ...«

»Raus aus meinem Büro!«

»Ist ja schon gut, Rob. Tut mir Leid, dass ich Sie so verärgert habe.«

Bevor Rob noch irgendwie reagieren konnte, kehrte Sam in sein Büro zurück und schloss sich ein. Er ging zu seinem Schreibtisch. Natürlich, sie konnten verhindern, dass er während der Arbeitszeit in der Bibel las, das war wohl auch ihr gutes Recht. Aber sie konnten ihn nicht davon abhalten zu beten. Still begann er für Rob und seine geistliche Not, die er gehört hatte, zu beten. Und während er das tat, wurde er ganz ruhig in der Gewissheit, dass Gott an Rob arbeitete, so wie er an Sam selbst gearbeitet hatte.

Kapitel 11

Den Rest der Woche freute sich Sam immer mehr an seiner Gabe. Er konnte es kaum erwarten, die Stimmen der Menschen zu hören. Er suchte sich sogar absichtlich Orte aus, an denen er zu immer mehr Menschen Zugang bekam. Auch Kate ließ sich von seinem Eifer anstecken. Nach der Arbeit eilte sie nach Hause, damit sie abends mit Menschen reden konnten.

Sally, seine Sekretärin, bekam doch nicht den ersehnten Lottogewinn. Daraufhin blieb sie einige Tage der Arbeit fern. Aus Sorge um sie stattete Sam ihr schließlich einen Besuch ab.

Während er auf ihrer Veranda neben einigen Pflanzen stand, die dringend Wasser brauchten, und darauf wartete, dass sie die Tür öffnete, hoffte er, dass nicht seine Gabe schuld an ihrer Verzweiflung war. Er hätte diese Zahlen niemals vor ihr wiederholen dürfen. Dann hätte sie vermutlich nicht so viel Hoffnung auf die Zahlenkombination gesetzt.

Die Tür öffnete sich quietschend, und Sally spähte hinaus. Ihre Augen waren rot und geschwollen. »Sam?«

»Sally, geht es Ihnen gut?«, fragte Sam.

Sie nickte und putzte sich die Nase.

»Kann ich hereinkommen?« Sie zögerte einen Augenblick, dann trat sie widerstrebend zur Seite und ließ ihn ein.

»Ich habe niemanden erwartet«, entschuldigte sie sich, »jetzt, wo ich doch keine Millionärin geworden bin.« Das klang so, als wäre sie nun nicht mehr gesellschaftsfähig und alle ihre Freunde seien vor ihr geflohen.

»Das ist schon in Ordnung«, sagte er und trat auf den zerschlissenen Teppich im Flur. Überall standen Kartons und Schachteln herum – ein Computer, ein neues Fernsehgerät, eine Stereoanlage. Sam sah sich um und fragte sich, ob sie diese Dinge wohl auf Kredit gekauft hatte, mit der Absicht, sie zu bezahlen, wenn ihr Lottogewinn ausgezahlt wurde. Es war dunkel im Zimmer, als hätte sie tagelang nur dagesessen, geweint und all die neuen Dinge angestarrt.

»Es gab so viele Bestätigungen«, sagte sie mit heiserer Stimme. Niedergeschlagen ließ sie sich aufs Sofa sinken. »Selbst Sie haben die Zahlen wiederholt, die ich im Kopf hatte. Wieso waren es nicht die richtigen Zahlen?«

Sam wurde klar, dass er sie unbeabsichtigt auf den falschen Weg geführt hatte. Und beinahe hätte er seine Gabe dazu missbraucht, ebenfalls diesen Weg einzuschlagen. »Ich wusste die richtigen Zahlen nicht, Sally«, sagte er. »Woher sollte ich sie kennen?«

»Aber Sie haben sie doch genannt!«

»Ich hatte nur so ein Gefühl ... in Bezug auf Ihren geistlichen Zustand, dass Ihr Selbstwertgefühl irgendwie von diesem Lottogewinn abhängig war. Dass ich vielleicht sogar zu den Leuten gehörte, denen Sie Ihren wahren Wert zeigen wollten. Da sind mir irgendwelche Zahlen in den Kopf gekommen.«

Sie nahm sich ein weiteres Taschentuch und putzte sich die Nase. »Wenn ich Millionärin geworden wäre, dann hätten wir gesehen, wer hier der Überlegene gewesen wäre.«

»Warum wollen Sie die Überlegene sein?«

»Weil ich es satt habe, unterlegen zu sein. Auf einer Ebene wäre ebenso gut. Aber so bin ich weiter nur Ihre Tippse.«

»Sie sind nie nur eine Tippse gewesen, Sally. Ohne Sie könnte ich meine Arbeit doch gar nicht tun.«

»Nach zehn Minuten hätten Sie bereits eine andere Sekretärin. Ich würde Ihnen nicht mal groß in Erinnerung bleiben.« Bei den letzten Worten begann sie erneut zu weinen. Fest drückte sie ihr feuchtes Taschentuch an die Augen.

»Sally, Sie scheinen nicht zu wissen, wie viel Sie Gott bedeuten.«

»Gott?«, fragte sie. »Was hat denn das mit Gott zu tun?«

»Gott liebt Sie mehr und sorgt sich mehr um Sie als um einen Lottoschein.«

»Offensichtlich ist ihm mein Lottoschein vollkommen egal gewesen. Absolut egal!«

»Sie hören mir nicht zu. Sie sind ihm unendlich wichtig. Und er weiß, dass Sie sehr viel mehr wert sind als nur das Geld, das Sie haben oder nicht haben. Für Sie hat er alles geopfert, was er besessen hat – Jesus hat sein Leben für Sie gegeben.«

»Ach kommen Sie mir nicht damit«, fuhr sie ihn an. »Ich weiß über das Kreuz Bescheid. Ich bin in einer Gemeinde groß geworden. Ich bin da, wann immer die Türen geöffnet werden. Ich gebe Sonntagsschulunterricht. Ich weiß über Jesus vermutlich mehr als Sie!«

»Aber etwas über Jesus zu wissen reicht nicht aus, Sally. In der Bibel steht, dass man mit seinem Mund bekennen soll, dass Jesus der Herr ist, und in seinem Herzen glauben, dass Gott ihn von den Toten auferweckt hat. Dann wird man gerettet. Wenn Sie in Ihrem Herzen glauben, dass Gott das getan hat, Sally, warum vertrauen Sie ihm dann nicht auch in Ihren Geldangelegenheiten? Warum können Sie nicht glauben, dass Sie auch ohne Geld wertvoll sind?«

»Na ja ... ich glaube das ja ... ich glaube es.«

Aber Sam konnte die Stimme ihrer Seele hören und wusste, dass es nicht so war. Nicht in ihrem Herzen. Für sie waren das nur Worte, Worte, die sie ihr ganzes Leben lang immer wieder gehört hatte. Worte, die wenig Bedeutung für sie hatten. In ihrem Herzen, wo es zählte, glaubte sie nicht richtig.

»Ich ... ich möchte einfach reich sein. Wenn Gott mich wirklich so sehr lieben würde, dann könnte er mir das doch schenken.«

»Wieso denken Sie, es sei Gottes Aufgabe, seine Kinder reich zu machen? Vielleicht möchte er, dass Sie da, wo Sie stehen, einem höheren Ziel dienen. Vielleicht braucht er Sie genau hier, damit er Sie auf eine bestimmte Weise gebrauchen kann. Seine Kinder haben einen viel höheren Wert, als man mit Geld aufwiegen kann. Er hat einen Plan für Sie, der viel besser ist als einen Haufen Geld im Lotto zu gewinnen.«

Sie wurde langsam ärgerlich. »Wenn Sie nicht mein Vorgesetzter wären ...«

»Was denn? Was wäre, wenn ich nicht Ihr Vorgesetzter wäre?« Sam wartete.

Sie schob ihr Kinn vor. »Wenn Sie nicht mein Chef wären, würde ich Sie am Kragen packen und aus dem Haus werfen!«

»Warum?«, fragte er.

»Weil Sie den Nerv haben, mich vollzupredigen. Ich bin eine der Säulen meiner Gemeinde. Sie brauchen nicht herzukommen und mir in meinem Kummer von Jesus zu erzählen.«

Sam erhob sich. »Ich habe Sie beleidigt – das wollte ich nicht. Ich dachte nur, Sie sollten wissen, dass Jesus Sie liebt.«

»Das weiß ich. Vermutlich werden Sie mich jetzt entlassen. Treten Sie nur nach mir, während ich schon auf dem Boden liege!«

»Nein, ich werde Sie nicht entlassen«, widersprach er. »Ich werde für Sie beten, dass Sie begreifen, wie wertvoll Sie für Gott sind.«

»Ich werde es Ihnen schon zeigen«, sagte sie. »Ich werde es Ihnen allen zeigen. Ich werde nächste Woche im Lotto gewinnen. Wenn ich genügend Scheine ausfülle, werde ich bestimmt irgendwann gewinnen. So leicht gebe ich nicht auf!«

Sam verließ Sallys Haus und stieg in seinen Wagen. Er war traurig, dass er nichts hatte bewirken können. *Das ist schwer*, dachte er. Er schloss die Augen und ließ den Kopf auf das Lenkrad sinken. »Herr, bitte hilf Sally. Mein Besuch bei ihr war nicht genug. Du musst sie zu dir ziehen. Ich schaffe das nicht allein. Wenn du nicht bei mir bist, sind meine Worte leer. Nutzlos.«

Als er den Motor anließ und noch einen letzten Blick auf ihre Tür warf, standen ihm Tränen in den Augen. Niedergeschlagen fuhr er davon. Mehr denn je war er sich über die Grenzen seiner Gabe im Klaren.

Aber Sam ließ sich von seinem Besuch bei Sally nicht in seinem Eifer dämpfen. Er beschloss, sich immer mehr auf die

Führung des Heiligen Geistes zu verlassen. Er hatte den Überblick darüber verloren, wie viele Menschen er bereits auf den Weg gebracht hatte und wie viele ihn zurückgewiesen hatten. Je mehr er von Jesus erzählte, desto größer wurde sein Bedürfnis, davon zu reden, desto größer wurde die Dringlichkeit in seiner Seele.

Ungeduldig sehnte er den Sonntag herbei. Er wollte ein paar seiner Freunde bitten, mit ihm hinauszugehen. Sehr intensiv hatte er dafür gebetet, genau wie Kate, und er rechnete fest damit, dass Gott an diesem Tag Arbeiter in seine Ernte schicken würde.

Am Sonntagmorgen fuhren er und Kate zum Frühstück ins »Waffelhaus«. Sie sprachen mit einem alten Mann, der ganz allein dort saß. Beinahe wären sie zu spät zum Gottesdienst gekommen; als sie auf den Parkplatz abbogen, setzte gerade die Orgel ein. Sam eilte ins Foyer, dann durch die Doppeltür in den Gemeinderaum.

Wie angewurzelt blieb er stehen. Die Kirche war bis auf den letzten Platz besetzt. Seit das neue Gebäude vor drei Jahren fertig gestellt worden war, hatte er nicht mehr so viele Menschen dort gesehen, nicht einmal zu Ostern oder Weihnachten. Sie hatten natürlich auf Gemeindewachstum gehofft, aber die Zahl der Gottesdienstbesucher hatte seither eher abgenommen. Heute jedoch war jede Bank voll, und hinten waren sogar noch Klappstühle aufgestellt worden. Selbst auf der Empore wimmelte es von Menschen.

Er sah Kate an und bemerkte, dass ihre Augen funkelten. Er nahm ihre Hand und suchte sich einen Platz in der hinteren Bank. Die Gemeinde erhob sich zum ersten Lied. John stand vorne und strahlte vor Aufregung und Freude. Während des Singens sah Sam sich um. Da, auf der anderen Seite entdeckte er Janie, die Kellnerin, mit ihrer Schwester, die ein paar Tage zuvor Gott ihr Leben anvertraut hatte. In derselben Reihe saß ihr Sohn zusammen mit zwei von seinen Freunden.

Kate stieß ihn an, und er folgte ihrem Blick auf die andere Seite des Ganges. Da war die Frau, mit der sie neulich abends beim Footballspiel gesprochen hatte. Sein Blick wanderte über die Menge nach vorne. Dort entdeckte er Sid Beautral aus dem Krankenhaus, zusammen mit seiner Frau. Der Mann wirkte körperlich noch schwach, aber er strahlte vor Freude.

Nach dem Lied begann John zu predigen. Seine Predigt ähnelte der vom vergangenen Sonntag. Aber am vergangenen Sonntag hatte keiner zugehört. Wieder sprach er über Lukas 15, über den verlorenen Groschen, das verlorene Schaf und den verlorenen Sohn. Er sagte, für Jesus wären sie so wichtig gewesen, dass er alles andere liegen gelassen und sie gesucht hätte. Während Johns Predigt betete Sam im Stillen, die anderen Christen im Raum mögen zuhören und sich dem Reden Gottes nicht verschließen, damit sie Menschen für Jesus gewinnen.

»Ich werde heute etwas Ungewöhnliches tun«, sagte John. »Ich denke, dass einige von Ihnen vielleicht den Wunsch haben, Gott vor den Menschen zu bekennen. Wir werden jetzt Gelegenheit dazu geben, und ich möchte Sie bitten, nach vorn zu kommen, wenn Sie gern von dem erzählen möchten, was Gott in Ihrem Leben tut.«

Dieses Mal sah Sam nicht auf seine Uhr wie in der Woche zuvor. Stattdessen betete er weiter. Es war ihm egal, wenn einige ihn mit geschlossenen Augen da sitzen sahen.

Kate stieß ihn erneut an, und er sah auf. Während des Gemeindeliedes strömten die Menschen nach vorne. Sam reckte den Hals, um zu sehen, wer nach vorne gegangen war. Er entdeckte Janie, ihre Schwester und ihren Sohn, die Dame aus dem Footballstadion, Sid Beautral und zahllose andere, mit denen sie in der vergangenen Woche gesprochen hatten.

Tränen stiegen ihm in die Augen. Er legte die Hand auf den Mund und begann zu weinen. Kate schluchzte ebenfalls, als wäre ihr das Herz gebrochen, aber er wusste, dass im Gegenteil eine überwältigende Freude der Grund dafür war. Der Organist spielte einen weiteren Vers, und er hoffte, sie würden sich noch viel Zeit lassen. Es waren noch andere da, das wusste er, noch mehr Menschen, die mit Gott ins Reine kommen mussten. Sie brauchten noch einen weiteren Vers, ein weiteres Lied, noch mehr Zeit. Er sang laut und klar mit. Es war ein Dankgebet an seinen himmlischen Vater.

Und schließlich sah er, wie ein weiterer Mann aus der Bankreihe vor ihnen schlüpfte und nach vorne ging.

»Jemand, den du kennst?«, flüsterte Kate.

Er wischte sich die Tränen aus den Augen und zog die Augen zusammen, um besser sehen zu können. Als sich der Mann zur Seite drehte, um mit John zu sprechen, erkannte Sam ihn. »Das ist Rob. Mein Chef.«

Kate stellte sich auf die Zehenspitzen, um über die Köpfe der anderen Gottesdienstbesucher hinwegsehen zu können. Als Rob zu weinen begann, musste Sam sich zurückhalten, um nicht selbst auch nach vorne zu rennen. Dann kam noch einer, und noch einer, und schließlich wurde ihm klar, dass fast alle diese Menschen von ihm, Kate oder John das Evangelium gehört hatten.

Die Gottesdienstbesucher räumten die ersten Reihen, um Platz zu schaffen für die, die nach vorne kamen. Es war ein Wunder, auf das niemand vorbereitet war. Als John sicher war, dass niemand mehr kommen würde, nickte er dem Organisten zu; dieser beendete das Lied. Nachdem die Musik verstummt war, stieg John mit tränenfeuchtem Gesicht auf die Kanzel.

»Liebe Brüder und Schwestern«, begann er mit bewegter Stimme, »ich möchte euch gern ein paar Leute vorstellen. Sie haben alle in dieser Woche ihren Weg zu Gott gefunden, und es ist immer wieder dieselbe Geschichte. Mit einer Handvoll Leuten habe ich gesprochen, aber die anderen wurden entweder von Sam Bennett oder seiner Frau Kate angesprochen und auf den Weg gebracht.«

Sam hatte nicht damit gerechnet, dass sein Name genannt wurde, und als sich die Köpfe zu ihm umdrehten, senkte er den Blick. Er konnte ihren Blicken nicht standhalten. Er wollte kein Lob. Er wollte nichts anderes als Hilfe von anderen Christen.

»Sam?«, fragte John von der Kanzel herab.

Sam sah auf.

»Würdest du bitte einen Augenblick nach vorne kommen?«

Sam hatte keine Ahnung, was John von ihm wollte, aber er erhob sich, fuhr sich über das Gesicht und ging nach vorne. Er bestieg die Kanzel und stellte sich neben John.

»Sam hat diese Woche etwas erlebt«, erklärte John. »In dieser vergangenen Woche hat er angefangen, auf die Nöte der Menschen zu hören. Er und Kate haben alle diese Menschen heute hierher geführt. Aber Sam und Kate brauchen Hilfe. Ich möchte diejenigen von Ihnen bitten, die wie Sam den Wunsch haben, das Leben der Menschen zu verändern, heute Nachmittag um 16 Uhr in mein Seminar zu kommen. Wir wollen ein paar Bibelverse auswendig lernen, die Ihnen helfen, von Ihrem Glauben zu sprechen, und wir wollen uns überlegen, wie wir besser auf Gottes Stimme hören und die Menschen erreichen können. Wir wollen uns überlegen, wie wir als Weinstock Christi Frucht bringen können. Und bitte kommen Sie doch nach vorne und heißen Sie unsere neuen Brüder und Schwestern willkommen.«

Dann begann er, diejenigen, die gekommen waren, in der Familie Gottes willkommen zu heißen. Sam stand daneben und schüttelte allen die Hand. Als Rob an der Reihe war, griff Sam fest nach seiner Hand. Rob zog ihn in die Arme. »Vielen Dank«, flüsterte er tief bewegt.

»Sie haben nicht angerufen«, sagte Sam. »Ich habe Sie nicht einmal im Büro gesehen.«

»Ich habe die ganze Woche darüber nachgedacht«, erklärte Rob. »Ich konnte nicht aufhören, an das zu denken, was Sie gesagt haben. Vermutlich haben Sie mir das Leben gerettet. Ich schulde Ihnen was.«

»Nein«, widersprach Sam. »Nicht mir schulden Sie was.«

Nachdem alle begrüßt worden waren und der größte Teil der Gemeinde die Kirche verlassen hatte, blieb noch eine Handvoll Leute zurück.

Lawrence Shipman, der Leiter der Diakone, kam besorgt auf Sam zu. »Wie haben Sie alle diese Leute in die Kirche gekriegt?«, fragte er. »Haben Sie sie bestochen? Oder was sonst?«

Diese Frage traf Sam unvorbereitet. »Ich habe ihnen einfach nur von Jesus erzählt.«

»Ich möchte bloß wissen, was sie hier erwarten«, fragte er, als hätte er Sams Antwort nicht gehört. »Sie kommen einfach her und bringen alle ihre Freunde mit. Denken sie, sie kriegen etwas dafür?«

»Sie hätten doch vollkommen Recht, wenn sie so denken würden«, erwiderte Sam. »Sie *werden* ja etwas dafür bekommen.«

»Aber ein paar von diesen Menschen passen überhaupt nicht in unsere Gemeinde«, gab Lawrence zu bedenken. »Haben Sie denn nicht gesehen, wie einige von ihnen gekleidet waren? Als wären sie direkt aus einer Stripbar gekommen. Vielleicht ist diese Kirche nicht der richtige Ort für sie.«

Sams spürte, wie sein Gesicht dunkelrot anlief. Er öffnete den Mund, um Lawrence zu sagen, Menschen mit seiner Einstellung wären der Grund für die geistliche Stagnation ihrer Gemeinde in den vergangenen Jahren. Doch bevor er die Worte aussprechen konnte, hörte er die innere Stimme des Mannes. »ICH BIN MACHTLOS. ICH HABE DIE KONTROLLE VERLOREN.«

Sams Zorn verschwand. »Lawrence, aus meiner Sicht gibt es nicht einen Menschen auf dieser Erde, der nicht in diesem Gemeindehaus willkommen wäre.«

»Wir müssen doch ein bisschen die Form wahren. Diese Menschen können doch nicht einfach in ihren Turnschuhen, zerrissenen Jeans und bunt gefärbten Haaren hier herein schlurfen. Sehen Sie sich doch um. So sehen wir nicht aus.«

»Nein, wir tragen unsere Sünden in unserem Innern, nicht? Schön weggepackt, in sauberen kleinen Paketen.«

Der Mann sah aus, als hätte Sam ihm gerade eine Ohrfeige verpasst.

»Lawrence, ich weiß, dass Sie sich im Augenblick ein wenig ohnmächtig fühlen, aber wir müssen ja gar nicht alles in der Hand haben. *Gott* hat alles unter Kontrolle. Das hier ist sein Haus, nicht unseres.«

»Machtlos? Hier geht es doch nicht um Macht!«

»Natürlich«, widersprach Sam. »Es gibt Menschen in dieser Gemeinde, die lieber sterben würden, als ihre Macht an den Heiligen Geist abzugeben.«

»John!« Lawrence hob die Stimme und rief den Pastor herbei. John wandte sich von seinem Gespräch mit zwei anderen Diakonen ab und kam zu ihnen. »Sie können das doch nicht einfach zulassen! Diese Leute werden unsere Gemeinde von Grund auf durcheinander bringen.«

John grinste über das ganze Gesicht. »Das hoffe ich doch sehr, Lawrence. Ich habe schon lange auf so etwas hingearbeitet. Es sieht so aus, als hätte der Heilige Geist beschlossen, meine Gebete zu erhören.«

Lawrence schüttelte den Kopf und murmelte etwas davon, er wolle ein Treffen der Diakone einberufen und diese Angelegenheit zur Sprache bringen. Mit hochrotem Kopf stürmte er aus dem Kirchenschiff.

Johns Strahlen verschwand, während er dem Mann nachsah. »Was hast du von ihm zu hören bekommen, Sam?«

Sam schüttelte den Kopf. »Ich glaube nicht, dass er ganz tief in sich drin Christ ist.«

»Er hält sich zumindest dafür«, meinte der Pastor. »Einer von der pharisäischen Art. Einen Haufen Regeln aufstellen, doch die Beziehung vergessen.«

Sam legte John die Hand auf die Schulter. »Lass dir von ihm nicht die Freude verderben.«

Das Strahlen kehrte langsam zurück. »Das werde ich nicht. Sam, vielen Dank, dass du mir den schönsten Sonntag bereitet hast, den ich je erlebt habe.«

»Ich habe nur das getan, was du mich gelehrt hast und zu dem mich der Heilige Geist ausgerüstet hat.«

»Dann kommst du also heute Nachmittag zu dem Seminar?«

»Aber natürlich«, erwiderte John. »Und wir sollten um ein paar Menschen beten, die bereit sind, mit uns loszugehen.«

Doch an diesem Nachmittag kamen nur acht Personen zu dem Evangelisationsseminar, und alle hatten irgendwelche Gründe vorzubringen, warum sie noch nicht bereit waren, anderen von Jesus zu erzählen. Doch ausnahmslos alle waren sehr beeindruckt von der Zahl der Menschen, die an diesem Morgen nach vorne gegangen waren. Einer von ihnen schlug eine Begrüßungsparty für den Freitagabend vor. Die ganze Gemeinde sollte kommen und sich mit den neuen Brüdern und Schwestern freuen, wie sich die Engel im Himmel laut der Bibel über jeden neuen Christen freuen. John fand diese Idee ausgezeichnet.

»Wir werden eine ganze Menge Essen brauchen«, meinte John. »Kate, würdest du das übernehmen?«

»Natürlich«, erwiderte sie. »Vielleicht können wir die Leute nicht dazu bringen, anderen von Jesus zu erzählen, aber sie sind immer bereit, Essen mitzubringen.«

Sam hielt sich in Bezug auf das Fest sehr zurück. Seine Freude daran, Menschen mit Jesus bekannt zu machen, war immer gleich groß. Er hatte gar nicht so viel Lust zu einer Feier, wo es doch in ihrer Stadt noch so viele Menschen gab, die Christus nicht kannten. So viele Nöte. So viel Sehnsucht. Die Zeit, die er mit Christen verbrachte, die Angst davor hatten, anderen Menschen von Jesus zu erzählen, ging den Menschen verloren, die Gott so sehr brauchten. Er konnte es kaum erwarten, dass die Stunde zu Ende ging, damit er und Kate ins Einkaufszentrum fahren konnten.

An diesem Abend führten sie achtzehn Menschen zu Gott.

Am Freitagabend kam Sam zu dem Fest und begrüßte alle, die er zu Christus geführt hatte. Bescheiden nahm er die Gratulationen von den Gemeindemitgliedern entgegen, die im Lauf der Woche über die Ereignisse nachgedacht hatten. Doch bald wurde Sam unruhig. Er musste hier weg, mit Menschen sprechen. Er wollte ihre Nöte hören, ihnen helfen. Er suchte Kate und erklärte ihr, dass er verschwinden würde.

Es war diese Sache mit Lukas 15. Er musste das Haus auf den Kopf stellen und diesen Groschen finden. Er musste die neunundneunzig Schafe zurücklassen und das eine suchen. Er musste den Horizont nach dem verlorenen Sohn absuchen.

Heute Abend hatte er das unbestimmte Gefühl, dass unzählige verlorene Söhne in die Stadt kommen würden.

Er fuhr zum Busbahnhof. Ein paar Tage zuvor hatte er sich geweigert, mit John dorthin zu gehen. Vorsichtig betrat er das Gebäude. Es war kein Bus da, aber mehrere Menschen warteten in der Halle. Er setzte sich auf eine Bank neben eine Frau mit einem Baby ... und begann zu lauschen.

Doch statt ihrer Stimme hörte er das Klingeln seines Handys. Er hatte sich angewöhnt, es immer mitzunehmen, damit alle, mit denen er über Gott gesprochen hatte, ihn bei Bedarf jederzeit erreichen konnten. Schnell holte er das Telefon heraus und meldete sich.

»Sam, hier spricht Bill. Wo steckst du, Mann?«

Er zögerte. Seit dem Spiel hatte Bill nicht mehr viel mit ihm zu tun haben wollen. Als er ging, hatte er ihn noch auf dem Fest gesehen. »Ich bin am Busbahnhof. Warum?«

»Na ja, ich dachte gerade ...«, sagte er. »Wenn ich mir alle diese Menschen ansehe, die so glücklich sind, und denke, dass ich noch niemanden so richtig zu Christus geführt habe ...« Seine Stimme brach. »Sieh mal, Mann, seit dem Spiel neulich hat Gott mir keine Ruhe mehr gelassen, und ich denke, dass ich vielleicht kommen und dir helfen sollte.«

Sam stand langsam auf. »Wirklich?«

»Ja. Sind denn genügend Leute da? Weil Jeff und Steve nämlich hier neben mir stehen und auch gern mitkommen würden.«

Sam warf den Kopf in den Nacken und lachte laut auf. Das war zu schön, um wahr zu sein! »In zwanzig Minuten kommt ein Bus«, erklärte er. »Es werden genug für uns alle da sein.«

»Okay, dann bleib, wo du bist. Wir sind schon unterwegs.«

Eine Glücksträne rollte über Sams Gesicht, als er sein Handy wieder in die Tasche steckte.

Kapitel 12

Kate war bereits zu Hause, als Sam an diesem Abend zurückkam. Als er das Haus betrat, rief er nach ihr. Sie eilte zu ihm ins Wohnzimmer.

»Wie viele?«, fragte sie grinsend.

Er zuckte die Achseln. »Keine Ahnung. Einige von ihnen haben zugehört, einige nicht. Aber das Wichtigste ist, dass Bill, Jeff und Steve mitgemacht haben.«

»Ich weiß!« Sie klatschte in die Hände und hüpfte herum. »Ich konnte es kaum glauben, als sie mir sagten, sie würden zu dir fahren. Hatten sie denn Erfolg?«

»Jeder von ihnen hat mindestens zwei Menschen auf den richtigen Weg gebracht. Es war phänomenal! Du hättest es sehen sollen. Und dann habe ich Bill nach Hause gefahren, und unterwegs hat er die ganze Zeit überlegt, wen er morgen ansprechen kann. Ich glaube, es hat ihn gepackt. Es gibt kein Zurück mehr.«

Kate jubelte und warf die Arme um ihn. »Weißt du, noch nie bin ich so stolz auf dich gewesen wie in diesen beiden Wochen.«

»Na ja, ich war auch ziemlich stolz auf dich.«

»Ich habe nicht annähernd das getan, was du bewirkt hast.«

»Na ja, wie du neulich gesagt hast, ich bin ja auch gewissermaßen im Vorteil.«

Sie setzten sich, und er erzählte ihr von einigen der Leute, mit denen er gesprochen hatte, von ihren Nöten und Fragen. Sie lachten, weinten und beteten miteinander.

Später, als Kate ins Bett ging, blieb Sam noch auf. Er war zu aufgewühlt, um zu schlafen, und er wollte noch mit Gott sprechen. Er fiel auf die Knie und dankte Gott dafür, dass er hatte hören können, dass er Bedürfnisse hatte erfüllen können, für das mitfühlende Herz, das seine Gleichgültigkeit ersetzt hatte. Und dann dankte er Gott von Herzen dafür, dass sich auch andere bereit gefunden hatten, hinauszugehen und begeistert von Gott zu erzählen. Danach ließ er sich in seinen Sessel sinken, schlug seine Bibel auf und begann zu lesen. Es gab noch so vieles, das er lernen musste. Alles, was er las, nahm er begierig in sich auf wie ein trockener Schwamm. Alles war wichtig; alles konnte er brauchen.

Stunden später schlief er mit seiner Bibel auf dem Schoß ein. Und wieder begann er zu träumen ...

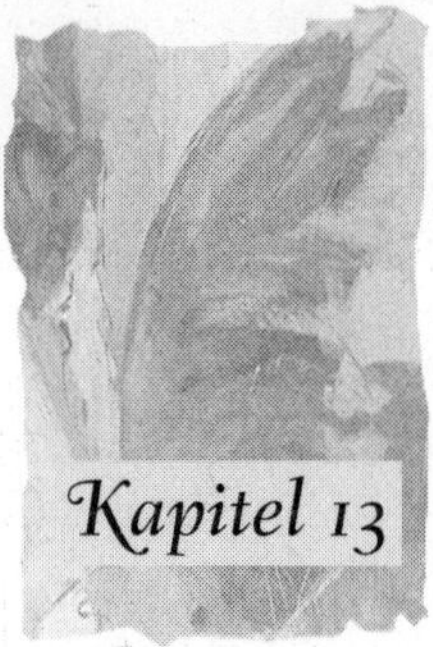

Kapitel 13

Er träumte von dem verlorenen Groschen, aber dieses Mal war er derjenige, der das ganze Haus auf den Kopf stellte und überall suchte. Und dann hörte er wieder diese mächtige Stimme, die er vor fast zwei Wochen auch gehört hatte. Aber die Worte waren diesmal anders.

»Und siehe, ich bin bei euch alle Tage bis an der Welt Ende.«

Er fuhr aus dem Schlaf hoch und merkte, dass er in seinem Sessel eingeschlafen war, die Bibel auf dem Schoß. Genau wie in jener Nacht fast zwei Wochen zuvor, als er mit zitternden Händen und klopfendem Herzen aufgewacht war, fühlte er sich von Gott angerührt. Atemlos stand er auf und ging ins Schlafzimmer. Kate schlief noch. Er wollte sie nicht aufwecken, weil er nicht wusste, was er sagen sollte.

Schließlich ging er unter die Dusche und ließ kaltes Wasser über seinen Körper laufen. Als er herauskam, schrak Kate hoch. Sie sah auf die Uhr. Es war fünf Uhr. »Bist du überhaupt im Bett gewesen?«, fragte sie mit verschlafener Stimme.

»Nein, ich bin im Sessel eingeschlafen«, erwiderte er leise. Er zog sich seinen Morgenrock an und setzte sich auf die Bettkante. »Kate, ich hatte wieder einen Traum. Gott hat nochmal zu mir gesprochen.«

Kate setzte sich im Bett auf und blinzelte. »Was hat er gesagt?«

»Er sagte: ›Und siehe, ich bin bei euch alle Tage, bis an der Welt Ende.‹«

»Das ist doch ein schöner Gedanke, nicht? Ein Bibelvers. Jesus hat das gesagt, nachdem er den Jüngern den Missionsbefehl gegeben hat.«

»Ja, aber warum habe ich das geträumt?«

»Vielleicht, um dich an die Aufgabe zu erinnern, die er dir gegeben hat?«

Während Sam sich anzog und zum Schnellrestaurant fuhr, dachte er darüber nach. Da Samstag war, konnte Kate ausschlafen.

Sam stellte den Wagen vor dem Schnellrestaurant ab und ging hinein. Auf seinem Weg zur Theke betrachtete er die Gäste. Mit einigen hatte er im Laufe der vergangenen zwei Wochen gesprochen. Einige hatten mit ihm gebetet. Ein paar waren sogar in seine Gemeinde gekommen und hatten an dem Fest am vergangenen Abend teilgenommen. Sie lächelten ihn an und er winkte ihnen flüchtig zu. Dann setzte er sich auf seinen Stammplatz an der Theke.

Er sah zur Seite und nickte der älteren Frau neben ihm zu.

Janie kam zu ihm. »Hallo, Sam. Das Übliche?«

»Danke, Janie.«

Als sie davoneilte, um sein Frühstück zu holen, fiel ihm auf, dass er die Stimmen noch nicht gehört hatte. Er richtete sich auf seinem Barhocker auf und sah sich im Lokal um. Sein Blick glitt über die Gesichter der Gäste in seiner Nähe. Normalerweise hätte er mittlerweile bestimmt schon drei, vier Bedürfnisse gehört. Aber selbst die Frau neben ihm blieb still. Er beugte sich näher zu ihr hinüber und versuchte zu lauschen. Aber es kam nichts. Sie aß ihren Speck, knabberte an einem Toast, aber es kamen keine Worte aus ihrem Herzen oder ihrem Mund.

Janie kam zurück und stellte den Teller vor ihn auf die Theke. Er sah ihr in die Augen und versuchte angestrengt, irgendetwas wahrzunehmen.

»Was ist los, Sam?«

Er schüttelte den Kopf. »Irgendetwas ist anders.«

»Was denn?«

»Ich weiß nicht.« Er erhob sich und eilte hinaus. »Äh, sehen Sie, ich kann jetzt im Augenblick nichts essen.« Er warf eine Fünfdollarnote auf den Tisch. »Vielleicht komme ich etwas später zurück.«

Sie nickte verwirrt und er stürzte aus dem Schnellrestaurant hinaus auf den Bürgersteig. Eine Gruppe von Teenagern kam an ihm vorbei. Wenn die Leute an ihm vorbeigingen, hörte er sonst immer, wie ihre Seelen ihre tiefsten Nöte hinausschrieen. Doch jetzt vernahm er gar nichts, abgesehen von den vorbeifahrenden Autos, ein gelegentliches Hupen, plaudernde Menschen. Aber keine geistlichen Bedürfnisse. Nichts von den Nöten, die sein Herz anrührten.

Außer sich vor Angst, dass seine Gabe vielleicht weg sein könnte, fuhr er zum Busbahnhof. Dort würde er herausfinden können, ob er seine Gabe tatsächlich verloren hatte. Inmitten einer Menschenmenge würde er es mit Sicherheit merken.

Als er den Bahnhof erreichte, kam gerade ein Bus an, und zahllose erschöpfte Menschen stiegen aus, die vermutlich die ganze Nacht unterwegs gewesen waren. Sie wirkten verknittert und zerknautscht. Er kam am Terminal vorbei und ging geradewegs auf den Bus zu. Nacheinander stiegen die Passagiere aus, und er lauschte angestrengt.

Aber es kam nichts.

Die Gabe war weg.

Tränen traten ihm in die Augen, und auf einmal fühlte er sich hilflos, unbedeutend. Nutzlos.

Er rannte zu seinem Wagen zurück. Wohin er fahren sollte wusste er nicht so genau, aber er musste etwas unternehmen. Genau wie zwei Wochen zuvor fiel ihm John, der Pastor, ein. Falls ihm jemand helfen konnte, dann John.

Sam brauste los.

Kapitel 14

John sass über seine Bibel gebeugt am Schreibtisch in seinem Arbeitszimmer, als seine Frau Sam hereinließ. Sam war genauso erschüttert wie an dem Morgen vor zwei Wochen. Er war in Schweiß gebadet, atmete schwer und fuhr sich mit zitternden Fingern durch die Haare. »John, du musst mir helfen.«

Alarmiert sah John auf. »Sam, was ist los?«

»Es ist weg!«, rief er. »Alles ist weg!«

»Was denn?«

»Die Gabe.«

John erhob sich langsam. »Woher weißt du das?«

»Gestern Nacht hatte ich wieder einen Traum«, erzählte Sam. »Als ich aufwachte, hatte ich das Gefühl, dass irgendetwas anders war, und als ich ins Schnellrestaurant kam, konnte ich die Stimmen nicht mehr hören. Ich kann sie nirgendwo mehr hören, nicht einmal am Busbahnhof.«

Johns Gesichtszüge wurden schlaff, und Sam wurde klar, welche großen Hoffnungen John für die Zukunft auf Sams Gabe gesetzt hatte. »Vielleicht lässt es nur nach«, meinte John. »Vielleicht kommt es ja zurück.«

»Nein.« Sam setzte sich und schüttelte den Kopf. »Ich weiß einfach, dass es weg ist. Ich glaube, ich wusste es schon, als ich heute Morgen aufgewacht bin. Nach diesem Traum ...«

John setzte sich neben ihn und beugte sich, die Ellenbogen auf die Knie abgestützt, vor. »Erzähl mir von dem Traum«, forderte er ihn auf. »Sam, was ist dieses Mal passiert?«

»Es ging wieder um den verlorenen Groschen«, begann er. »Doch dieses Mal gehörte der Groschen mir, und ich suchte danach. Ich habe nicht nur jemandem bei der Suche zugeschaut. Und dann hat Gott zu mir gesprochen.«

»Was hat er gesagt?«

Seit er Kate davon erzählt hatte, hatte Sam nicht mehr daran gedacht. Er schloss die Augen und versuchte, sich zu erinnern. »Er sagte: ›Und siehe, ich bin bei euch alle Tage bis an der Welt Ende.‹«

John lehnte sich auf seinem Stuhl zurück. »Das ist der letzte Vers des Matthäusevangeliums. Die letzten Worte, die Matthäus berichtete, bevor Jesus in den Himmel aufgefahren ist.«

»Warum hat er das zu mir gesagt?«, fragte Sam. »Was bedeutet das?«

»Genau das, was es heißt, denke ich.« Er starrte Sam lange an. »Sam, bist du sicher, dass es weg ist?«

»Ganz sicher«, bestätigte er. »Ich habe es versucht. Ich kann nichts mehr hören. Nur die normalen Stimmen. Nur das, was du auch hörst.«

Er merkte, dass John nur mit Mühe seine Enttäuschung verbergen konnte. »Irgendwie habe ich mich darauf verlassen, dass es von Dauer ist«, meinte John. »Ich schätze, ich habe dich irgendwie ausgenutzt.«

»Das war schon in Ordnung«, beruhigte Sam ihn. »Nachdem ich erst mal Geschmack daran gefunden hatte, *wollte* ich ja ausgenutzt werden. Gott hat mir diese Gabe doch aus einem bestimmten Grund gegeben.«

Müde ging John zu seinem Schreibtisch zurück und ließ sich auf seinen Stuhl sinken. »Ich weiß wirklich nicht, was ich davon halten soll, Sam. Und oft, wenn ich nicht weiß, was ich tun soll, dann bete ich. Komm, lass uns zusammen beten.«

Dankbar beugte Sam sich vor, und als sie anfingen zu beten, wurde er von einer großen Traurigkeit ergriffen. Er wusste mit absoluter Sicherheit, dass er die Gabe verloren hatte und auch nicht zurückbekommen würde. Gott hatte sie ihm gegeben und dann wieder genommen.

Nach dem Amen sah John ihn an. Die Gedanken zogen wie Schatten durch seine Augen.

»Vielleicht hattest du diese Gabe nur für eine bestimmte Zeit bekommen, Sam. Wir sollten nicht darüber traurig sein, sondern vielmehr an die Freude denken, die du daran hattest. Vielleicht solltest du nur die richtige Einstellung den Menschen gegenüber bekommen.«

»Das kann sein«, meinte Sam. »Aber das macht es auch nicht leichter.« Sein Mund verzog sich, während er die Tränen unterdrückte, und er bedeckte sein Gesicht. »Ich habe noch nie so eine Freude erlebt wie dabei, Menschen für Christus zu gewinnen. Bei der Zuversicht, mit der ich auf Menschen zugegangen bin. Ich habe mich daran gewöhnt, in sie hineinzuhorchen, so wie Gott es tut. Was soll ich jetzt nur machen?«

»Du brauchst doch damit nicht aufzuhören«, sagte John. »Du kannst den Menschen noch immer von Jesus erzählen, so wie ich es tue, und wie alle anderen, die du für diese Aufgabe begeistert hast.«

»Nein«, widersprach Sam. »Ohne die Gabe kann ich das nicht.«

John erhob sich, trat näher und berührte Sam an der Schulter. »Geh nach Hause und bete darüber«, schlug er vor. »Bitte Gott, dir zu zeigen, was du tun sollst. Er hat einen Plan und er ist bei dir. Darum ging es doch in dem Vers, Sam. Er hat dich nicht verlassen. Er wird immer ganz dicht bei dir sein.«

Doch als Sam zu seinem Wagen ging, fühlte er sich sehr allein.

Kapitel 15

AUF DIREKTEM WEG FUHR SAM NACH HAUSE. Er stellte den Wagen in der Garage ab und schloss schnell das Tor hinter sich, als könnte er damit die Begegnung mit einem Menschen verhindern, dessen Nöte er nicht mehr hörte. Er ging ins Haus. Kate war aufgestanden und bereits angezogen. Sie lächelte ihn hoffnungsvoll an.

»Wo bist du gewesen?«

»Ich bin nur zum Frühstücken ins Schnellrestaurant gefahren«, erklärte er.

Sie strahlte. »Wie viele?«

Tränen traten ihm in die Augen. Er schüttelte den Kopf und ging ins Wohnzimmer, wo er sich in seinen Sessel sinken ließ. Kate folgte ihm. Das Lächeln auf ihrem Gesicht war schlagartig verschwunden. »Was ist los, Sam?«

»Es ist weg«, stöhnte er. »Ich kann es nicht mehr.«

»Was denn?«

»Ich kann nichts mehr hören«, erklärte er. »Die Gabe ist weg. Ich bin überallhin gefahren, zum Schnellrestaurant, zum Busbahnhof. Ich kann es nicht mehr hören!«

Wie betäubt blieb Kate einen Augenblick vor ihm stehen. Stirnrunzelnd fragte sie schließlich: »Hast du nicht erzählt, dass du gestern Nacht wieder geträumt hast?«

»Ja«, erwiderte er. »Vermutlich hat Gott mir auf diese Weise mitgeteilt, dass es vorbei ist.«

»Puh.« Sie ließ sich auf die Couch sinken. »Und ... was hast du jetzt vor?«

»Nichts. Was kann ich denn jetzt noch tun? Ich bin nutzlos.«

Darüber dachte sie kurz nach, dann erhob sie sich wieder. »Warte mal. Ich bin nicht nutzlos, und ich habe die geistlichen Nöte der Menschen gar nicht hören können.«

»Das stimmt«, sagte er, »aber du wusstest, was ich hören konnte. Wir waren ein Team – ich habe dir die Informationen geliefert. Doch das geht jetzt nicht mehr.«

»Nein«, widersprach sie. »Das traf vielleicht auf die ersten paar Male zu, aber danach bin ich mutiger gewesen. Du warst nicht immer beteiligt. Mit einigen habe ich auch ohne deine Hilfe gesprochen.«

»Wir müssen uns den Tatsachen stellen«, sagte er abwesend und ohne ihr richtig zuzuhören. »Wir beide haben uns in einem falschen Gefühl der Sicherheit gewiegt, dass ich ihre Gedanken lesen kann und weiß, was sie fühlen.«

Das Telefon läutete, und Kate starrte Sam einen Augenblick an. Offensichtlich musste sie seine Worte erst mal verdauen. Er merkte, dass sie wieder protestieren würde, doch stattdessen nahm sie den Hörer ab. »Hallo? Ja, er ist da. Einen Augenblick.« Sie hielt ihm den Hörer hin. »Es ist Steve.«

»Ich will nicht mit ihm sprechen. Ich bin im Augenblick zu niedergeschlagen.«

»Er weiß doch sowieso schon, dass du da bist«, flüsterte sie.

Tief seufzend nahm Sam den Hörer. »Hallo.«

»Sam, ich bin es, Steve. Hör zu, Joan und ich sind heute Morgen ins Einkaufszentrum gefahren, und da saß dieser alte Mann ganz allein auf einer Bank. Schließlich fasste ich Mut, ging zu ihm hin und habe ein Gespräch angefangen. Du glaubst nicht, was passiert ist.«

»Was denn?«

»Er hat sich Gott zugewendet. Er wird morgen in die Kirche kommen.«

Sam schloss die Augen und lächelte schwach. »Das ist toll, Steve. Das ist großartig.«

»Und ich habe mich gefragt, ob du nicht Lust hast zu kommen, wenn du nichts anderes vorhast. Ich werde wohl noch eine Weile hier sein. Überall sind Menschen, die Jesus brauchen. Ich dachte, wir beide könnten –«

»Nein«, unterbrach Sam ihn. »Ich kann nicht.«

»Oh.« Steve wirkte überrascht. »Na ja, das ist in Ordnung, wenn du etwas anderes vorhast.«

Sam schüttelte den Kopf. »Nein, ich habe keine andere Verpflichtung, Steve. Das ist es nicht. Es ist nur so, dass –« Er sah zu Kate hinüber. Ihr Blick hielt ihn fest. »Na weißt du, mir geht es nicht so gut. Ich habe ... Probleme mit den Ohren.«

»Das klingt gar nicht gut. Aber mach dir keine Gedanken. Dann werde ich eben allein losziehen. Weißt du, ich hoffe, dass wir von jetzt an jeden Freitagabend ein Freudenfest feiern können.«

Sam runzelte die Stirn. Das sah er nicht so. Nicht mehr jetzt, nicht ohne seine Gabe. Die Dinge hatten sich geändert.

»Dann rufe ich eben Bill und Jeff an und höre, ob sie herüberkommen wollen. Sie hatten gestern ihren großen Durchbruch. Es war, als hätten sie plötzlich ein Talent entdeckt, von dem sie gar nicht wussten, dass sie es hatten. Pass auf dich auf, ja? Hoffentlich geht es dir morgen wieder besser.«

Sam legte auf und starrte den Hörer noch eine Weile an.

»Steve hat dich gebeten, mit ihm loszugehen und den Menschen von Jesus zu erzählen, und du hast abgelehnt?«

»Kate, hast du denn nicht verstanden? Es ist vorbei!«

Es läutete an der Tür. Kate ging los, um zu sehen, wer es war. Augenblicke später stand John in der Tür. »Er hat die Gabe verloren«, erklärte Kate gerade, und John nickte.

»Ich weiß. Er kam heute Morgen vorbei und hat es mir erzählt.«

Sam rieb sich die Schläfe. John kam weiter ins Zimmer hinein und setzte sich ihm gegenüber. »Du wirst es kaum glauben.«

»Erzähl«, sagte Sam nicht sehr begeistert.

John stützte sich mit den Ellenbogen auf den Knien ab. »Heute Morgen habe ich ein paar Anrufe von einigen Leuten aus dem Evangelisationsseminar bekommen. Das Fest gestern Abend hat große Begeisterung in ihnen geweckt, und sie bekommen langsam mehr Zuversicht. Sie wollen morgen Nachmittag nach dem Seminar hinausgehen und Leute ansprechen. Bill, Steve und Jeff haben mir gestern Abend versprochen, ich könnte auf sie zählen. Das wollte ich dir nur sagen. Ich dachte, das würde dich aufheitern, da du das alles ja in Gang gesetzt hast.«

Sam zuckte die Achseln. »Das freut mich. Ich schätze, die Gabe hat viel Gutes bewirkt.«

»Aber dir hat sie nichts Gutes gebracht?«, fragte Kate.

Verärgert blickte Sam seine Frau an. »Was soll das heißen?«

»Du gibst einfach auf, als könntest du den Namen Jesu ohne eine übernatürliche Gabe nicht vor anderen aussprechen. Aber keiner von uns anderen hat diese Gabe, und wir können es auch. Die Menschen müssen von Jesus erfahren, Sam.«

»Hey, du bist erst losgezogen, nachdem ich es dir gezeigt hatte. Als ich dir ihre Gedanken mitteilte.«

»Na ja, ich habe es auch getan, ohne ihre Gedanken zu kennen«, widersprach sie. »Ich kann es auch wieder tun. Ich habe den Mut dazu. Du auch?«

John hatte den Eindruck, mitten in einen Ehestreit hineingeraten zu sein. Niedergeschlagen sank Sam in seinem Sessel zusammen und fragte: »Was willst du von mir, John?«

»Ich wollte nur hören, ob du morgen Nachmittag auch kommst. Mit uns hinausgehst. Ihnen hilfst, einen Anfang zu finden.«

»Warum ich?«

»Weil Gott dich angerührt hat, Sam. Das hatte einen bestimmten Grund. Er hat dir Dinge offenbart, die er uns anderen nicht gezeigt hat. Und die Leute respektieren dich.«

»Und wie kommt es dann, dass ich mich jetzt so total als Versager fühle?«

»Weil du das Ganze nicht mit Gottes Augen siehst.«

Am folgenden Morgen blieb Sam dem Gottesdienst fern. Kate fuhr allein hin. Er hatte weder den Wunsch noch die Kraft hinzugehen. Doch als sie von der Kirche zurückkam und ihm erzählte, dass sechsunddreißig Menschen sich neu zu ihrem Glauben an Gott bekannt hatten, bekam er doch Schuldgefühle wegen seiner Haltung.

»Ich werde heute Nachmittag dieses Seminar besuchen«, verkündete Kate. »Ich wünschte, du würdest mich begleiten.«

Es hatte ihm keinen Spaß gemacht, den Sonntagmorgen im abgedunkelten Wohnzimmer zu verbringen, während seine Frau ohne ihn den Gottesdienst besuchte. Er wusste, dass er selbstsüchtig war. Seine trübe Stimmung zog ihn noch weiter runter und hinderte ihn daran, zu den Menschen zu gehen, die ihm doch so viel bedeuteten. »In Ordnung«, stimmte er zu. »Ich werde mitkommen. Aber ich tue das nur, um dir zu zeigen, dass es nicht laufen wird.«

»Es wird schon funktionieren«, widersprach Kate. »Diese Gabe hat die Liebe zu den Menschen in dir geweckt. Und ich glaube nicht, dass dein Mitgefühl verschwinden wird, nur weil dein Radar ihre Gedanken nicht mehr direkt auffängt.« Ihr Blick wurde weicher. Sie legte ihm die Hand auf die Schulter und sah ihm in die Augen. »Sag mir, dass dein Mitgefühl nicht verschwunden ist, Sam. Es hat mir gefallen, mit einem zutiefst mitfühlenden Menschen verheiratet zu sein.«

Sam wollte ihr sagen, dass er natürlich immer noch dieser Mensch war, aber er war sich dessen plötzlich nicht so sicher. Würde sich sein Eifer wieder abkühlen und seine Leidenschaft für andere Menschen so lauwarm werden wie vorher? Würde sich sein Herz wieder verhärten?

Er wandte sich ab. Hinter sich hörte er ein tiefes Seufzen. »Es liegt an dir. Du hast einen zweiwöchigen Crashkurs darin erlebt, Jesus ähnlicher zu werden. Wirst du das nun einfach alles hinschmeißen?«

Eine Million Antworten gingen Sam durch den Sinn, aber er war sich keiner sicher. Er drehte sich um und starrte sie hilflos an.

»Ich kann mir vorstellen, wie niedergeschlagen du sein musst«, sagte sie leise. »Ich bin auch ziemlich traurig und verwirrt. Aber Gott tut nichts ohne Grund, Sam. Du musst ihm vertrauen.«

»John möchte, dass ich eine Art Leiterrolle übernehme ... anderen erkläre, wie sie Menschen für Christus gewinnen können. Ich soll so tun, als wüsste ich etwas, was sie nicht wissen. Aber so ist es nicht. Nicht mehr.«

In Kates Augen schimmerten Tränen. »Sam, ist dir denn der verlorene Groschen ganz egal? Ist dir das nicht mehr wichtig?«

Sam konnte es nicht mehr ertragen. Ihre Worte taten weh. Er ging in die Küche und holte die Autoschlüssel. »Ich muss nachdenken«, sagte er. »Ich muss allein sein. Wir ... wir treffen uns in der Gemeinde.«

»Wirst du denn auch wirklich kommen?«, fragte sie. Das klang so, als hätte sie nicht viel Hoffnung. »Versprichst du es?«

Er zögerte lange, suchte in ihrem Gesicht nach Antworten, die er in sich selbst nicht finden konnte. »Ja. Ich verspreche es.« Und bevor sie tiefer bohren konnte, eilte er zum Wagen.

Sam fuhr mehrere Stunden in der Stadt umher. Er dachte über die Dinge nach, die ihm passiert waren, und betete. Er konnte einfach nicht verstehen, warum Gott ihm so übel mitspielte. Warum schenkte er ihm eine ungewollte Gabe, die er schließlich lieben lernte, und dann nahm er sie ihm auf einmal wieder weg? Das machte doch keinen Sinn.

Er stellte den Wagen in der Nähe eines Parks ab, in dem Kinder spielten, und ging ein wenig spazieren. Auf einer Bank im Schatten ließ er sich nieder. Jogger rannten vorbei. Auf dem Spielplatz dahinter tobten Kinder herum und quietschten vor Lachen. Hunde bellten.

Es gab so viel zu hören, und doch so wenig. Alles war jetzt so künstlich, so oberflächlich. Er hätte gerade so gut taub sein können.

Als er auf seine Uhr blickte, wurde ihm klar, dass er sich auf den Weg machen musste. Er hatte es Kate versprochen, und ein Versprechen wollte er nur ungern brechen. Er fragte sich, ob die Teilnehmer ihn wohl durchschauen würden. Würden sie merken, dass ihm etwas genommen worden war? Dass er die »Einsichten« nicht mehr hatte?

Ich möchte hören wie du, Herr. Ich möchte wissen, was du weißt.

Doch als er zu seinem Wagen zurückging, hatte er das hoffnungslose, unangenehme Gefühl, dass er nie wieder wirklich hören würde.

Kapitel 16

Als Sam den Seminarraum betrat, war er überrascht zu sehen, wie viele Menschen gekommen waren, die bereit waren, ihren Glauben weiterzutragen. Er sah sich um und schätzte die Zuhörer auf mindestens hundert Personen. Einige ganz frisch Bekehrte, einige, die schon seit Jahren Christen waren. Bill und Steve holten noch zusätzliche Stühle und Sam half ihnen. Das zumindest konnte er tun.

Als John endlich für Ruhe gesorgt hatte, ließ er seinen Blick über den Raum gleiten. »Sam, würdest du bitte kurz nach vorn kommen?«

Sam warf John einen Blick zu, der ihm sagen sollte, dass er zu weit ging. Er stellte die Stühle ab, die er gerade geholt hatte, und kam der Aufforderung widerstrebend nach.

»Sam, alle hier wissen, wie viele Menschen du in den vergangenen zwei Wochen auf Jesus hingewiesen hast«, begann John. »Das ist für uns alle faszinierend. An den vielen Seminarteilnehmern siehst du, welche Früchte das getragen hat. Und ich möchte, dass du den Teilnehmern dein Geheimnis verrätst.«

Schockiert starrte Sam den Pastor an. Warum wollte John ihn so demütigen? Was sollte er denn sagen? Dass er eine übernatürliche Gabe gehabt und die Nöte der Menschen gehört hatte, dass diese Gabe aber seit heute nicht mehr da war?

John trat näher an ihn heran und senkte die Stimme. »Sam, sag ihnen, was sie tun sollen. Sag ihnen, wie sie den Menschen zuhören können. Du kannst es doch.«

Sams Augen füllten sich mit Tränen, und seine Lippen zitterten, während er von einem Fuß auf den anderen trat. Er begegnete Kates warmem Blick, und sie nickte ihm ermutigend zu. Er räusperte sich und versuchte zu sprechen. »Nun, im Grunde genommen geht es darum ... ich denke ...« Er räusperte sich erneut. »Na ja, Sie müssen ... äh ... einfach zuhören. Hören Sie hin, was die Menschen sagen. Sehen Sie sich ihre Gesichter an. Sehen Sie ihnen in die Augen. Berühren Sie sie. Gebrauchen Sie Ihren gesunden Menschenverstand.« *Ja*, dachte er. Genau das hatte er getan und es hatte funktioniert. Irgendetwas in seinem Innern wurde angerührt, und er trat näher auf seine Zuhörer zu.

»Wenn Sie nur einen Tag, eine Woche oder zwei Wochen mit den Ohren Gottes hören könnten ...« Er wischte sich die Tränen ab, bevor sie ihm über das Gesicht laufen konnten. »Wenn Sie hören könnten, was Gott hört, würden Sie es niemals vergessen.« Er brach ab und atmete tief durch. Zuerst sah er Kate an, dann John. »Dort draußen gibt es nicht eine einzige Seele ohne geistliche Nöte. Sie müssen lernen, diese Nöte zu hören, danach zu fragen.«

Eine Frau hinten im Raum hob die Hand, und er forderte sie auf zu sprechen. »Sam, welches ist Ihrer Meinung nach das meistverbreitete geistliche Bedürfnis?«

Er zuckte die Achseln und dachte lange über diese Frage nach. Im Geiste spielte er die verschiedenen Antworten durch, die ihm einfielen, und überlegte, welches die häufigsten und wichtigsten Nöte waren. »Na ja, wir müssen die Menschen darauf hinweisen, dass sie geliebt werden, dass noch Hoffnung da ist, dass es Heilung gibt, dass jemand alles in der Hand hält, dass sie kein hilfloses Produkt ihrer Vergangenheit sind, dass sie Vergebung finden können, dass sie nützlich sein können, dass sie nach dem Bild Gottes erschaffen wurden ...« Er hielt inne und überlegte sich weitere Antworten.

Doch plötzlich wurde es ihm klar. Eigentlich gab es nur eine Antwort auf alle diese Bedürfnisse, die er angesprochen hatte: Die Antwort, die er in den vergangenen zwei Wochen gegeben hatte.

Er schwieg eine Weile und ordnete seine Gedanken. »Wissen Sie«, fuhr er schließlich fort, »wenn ich so darüber nachdenke, ist die Antwort auf alle Fragen, die Erfüllung aller Bedürfnisse Jesus Christus selbst.«

Sie hingen an seinen Lippen, und er sah sich in der Menge um, während seine Worte einsanken. »Wirklich«, bekräftigte er. »Wenn Sie die Menschen nach ihren tiefsten Bedürfnissen fragen und sie Ihnen aufrichtig antworten, würden sie erkennen ... dass ihre Antwort Jesus Christus sein würde.«

Unsicher sah er zu John hinüber. Er grinste hochzufrieden.

Ermutigt fuhr Sam fort: »Wir müssen also mit dem Wissen zu den Menschen hinausgehen, dass wir die wichtige Information haben, die ihnen verwehrt ist. Wir können ihnen sagen, wo sie die Erfüllung ihrer Bedürfnisse finden können. Wir können ihr Leben verändern. Alle haben dasselbe Bedürfnis – Jesus Christus.«

»Und die Leute, die Jesus bereits kennen?«, fragte jemand. »Welche Bedürfnisse haben die?«

Sams Blick wanderte von seiner Frau zu seinen Freunden, zu den Menschen, die er zu Jesus geführt hatte. Und dann wusste er es.

Ich brauche ein gebrochenes Herz.

Ich möchte gebraucht werden.

Ich habe alle diese Jahre vergeudet.

Tief bewegt legte er die Hand auf den Mund. Schließlich fasste er sich so weit, dass er mit brüchiger Stimme sagen konnte: »Das grundlegende Bedürfnis eines jeden wirklichen Christen ist es, Frucht zu bringen. Darauf können Sie sich verlassen. Jeder ernsthafte Christ hat dieses Bedürfnis, ob er es nun zugibt oder nicht. Der Heilige Geist in ihm sehnt sich danach. Und je weiter er von der Erfüllung dieses Bedürfnisses entfernt ist, desto leerer fühlt er sich. Jesus möchte diese Leere ausfüllen ... aus einer Reihe von Gründen. Einer davon ist unser eigenes Glück, aber der wichtigere Grund ist, dass ... dass es im Leben nicht um uns geht. Es geht darum, das Reich Gottes zu bauen. Wir bauen das Reich Gottes. Und wenn wir uns nicht wie Christus verhalten, dann werden wir unserer

Aufgabe nicht gerecht. Es ist, als würden wir als Königskinder in einer Lehmhütte wohnen und Schweinefutter essen.«

Ihren Gesichtern sah er an, dass sie ihn verstanden hatten. Er sah das aufgeregte Strahlen ihrer Augen, den Funken der Entschlossenheit und Hingabe.

»Wenn wir erst einmal angefangen haben, uns wie Christus zu verhalten, in jedem Bereich unseres Lebens, dann ist es, als würden wir ins Schloss umziehen«, fuhr Sam fort. »Wir wissen, wir haben diese Freude nicht verdient, aber wir können sie trotzdem erleben. Wir schöpfen unser Potenzial aus. Wir erleben die mit dem Ausleben unserer Berufung verbundene tiefe Freude. Und wenn wir diese Freude empfinden ...« Seine Stimme verklang. Er senkte den Blick und kämpfte mit seinen Emotionen. »Wenn wir sie erst einmal erlebt haben, wollen wir um keinen Preis mehr ohne sie leben.«

Nach der Stunde schlug John vor, jetzt gleich loszulegen und auf Menschen zuzugehen, bevor der Eifer seiner Zuhörer nachließ. Sam empfand wieder dieselbe Furcht wie an dem ersten Tag, als er erkannt hatte, dass er diese Gabe hatte. Doch als die Leute anfingen, ihre Taschen und Mäntel zu holen und sich zu den Gemeindebussen begaben, wurde ihm klar, dass er es doch besser wissen müsste. Er konnte kein Feigling sein. Er wusste mehr als sie. Er war besonders begabt gewesen. Und heute Abend hatte er die Wahrheit ausgesprochen. Je weiter er sich von Jesus und seiner Berufung entfernte, desto unglücklicher würde er sein. Das wusste er aus eigener Erfahrung. Wie könnte er jetzt wieder zurückgehen?

Beim Hinausgehen klopfte John ihm auf den Rücken. »Was meinst du, wohin sollen wir fahren?«, fragte er.

Sam dachte einen Augenblick nach. »Wir sollten zum Busbahnhof fahren«, schlug er vor. »In zehn Minuten kommt ein Bus voller Menschen. Und diese Menschen brauchen Gott.«

Kapitel 17

Da Sam etwas Zeit für sich allein brauchte, stieg er in seinen Wagen und folgte den Kleinbussen zum Bahnhof. Unterwegs verspürte er einen zunehmenden Druck in der Magengegend. Was würden seine Freunde sagen, wenn sie sahen, dass er selbst eine Niete war? Würden sie sofort aufhören? Würden sie ihn auslachen?

Die Vans wurden abgestellt, und die Leute stiegen aus. In diesem Augenblick fuhr ein Reisebus vor. Sam blieb noch kurz in seinem Wagen sitzen und beobachtete, wie die müden Reisenden aus dem Bus stiegen. Seine Augen brannten vor Furcht, und sein Herz klopfte zum Zerspringen. Beim Aussteigen schickte er ein Stoßgebet zum Himmel. Er betete um Mut, Zuversicht und dass er hören würde, was der Heilige Geist hörte.

Die Gemeindemitglieder teilten sich auf. Jeder ging auf einen Menschen zu und begann ein Gespräch. Sam blieb stehen, die Hände in den Taschen vergraben, und hörte zu. Er entdeckte einen älteren Mann neben der Glastür, der aussah, als warte er darauf, abgeholt zu werden. Aber niemand kam. Sam sah sich um und überlegte hilflos, wen er ansprechen, was er sagen sollte und wie er mit Gewissheit herausfinden könnte, welche Bedürfnisse jeder Einzelne hatte. Doch dann erinnerte er sich an das, was er selbst nur kurz zuvor gesagt hatte ... dass jede verlorene Seele nur eines brauchte.

Er beschloss, mit diesem Wissen den alten Mann anzusprechen. »Hallo«, sagte er, als er ihn erreichte. »Wie geht es Ihnen?«

Der Mann nickte und lächelte schwach.

»Ich heiße Sam Bennett«, sagte er und schüttelte ihm die Hand. »Warten Sie auf jemanden?«

»Tja, das dachte ich«, erwiderte der alte Mann. »Ich nahm an, meine Tochter würde kommen, um mich abzuholen, aber ...« Seine Augen röteten sich, und er wandte den Blick ab. »Wir kommen nicht so besonders gut miteinander aus ... ich weiß wirklich nicht, ob sie kommt.«

Sams Herz begann zu schmelzen, und er merkte, dass er die Not des alten Mannes sehr wohl hörte. Er sah durch die Tür in die Richtung, in die er geschaut hatte. »Vielleicht kommt sie ja noch«, meinte er. »Vielleicht hat sie sich nur verspätet.«

Mit zitternden Lippen schüttelte der alte Mann den Kopf. »Nein, ich glaube nicht, dass sie kommen wird. Sehen Sie, ich habe schon lange keinen Kontakt mehr mit ihr und, na ja, ... vermutlich bin ich an dem Punkt angekommen, an dem es kein Zurück mehr gibt.«

Sam begegnete seinem Blick und erinnerte sich an die verlorenen Dinge aus Lukas 15. Der verlorene Groschen ... das verlorene Schaf ... der verlorene Sohn. Die Bedeutung dieser Geschichten stand ihm erneut vor Augen, und er merkte, dass der Heilige Geist ihn daran erinnert hatte, damit er es dem Mann sagen konnte. »Es gibt niemals einen Punkt, an dem man nicht mehr zurück kann«, sagte er.

Der Mann seufzte tief auf. »Oh doch, den gibt es. Und ich habe ihn schon vor langer Zeit überschritten.«

Sam sah erneut zur Tür hinaus und wünschte, die Tochter würde auftauchen und dem Mann zeigen, dass es so etwas wie Vergebung und neues Leben gab. Aber selbst wenn sie nicht kam, es gab jemanden, der dem Mann trotzdem das geben konnte, was er brauchte. Es gab einen Vater, der den Horizont nach dem verlorenen Sohn absuchte.

»Ich könnte Sie hinfahren«, schlug Sam vor. »Mein Wagen steht draußen.«

»Warten Sie denn nicht auf jemanden?«

Sam zuckte die Achseln. »Eigentlich schon. Aber die Leute sind auch nicht aufgetaucht.« Der Mann betrachtete Sam mit neuen Augen, so als könnte er verstehen, wie es war, zurückgewiesen zu werden. »Kommen Sie. Ich bringe Sie dahin, wo Sie hin möchten.«

»Das ist aber wirklich sehr freundlich, Sir«, bedankte sich der Mann. »Müssen Sie nicht Ihren Freunden Bescheid sagen?«

Sam blickte zu Kate hinüber. Sie beobachtete ihn und lächelte. Er zwinkerte ihr zu und bedeutete ihr, dass er wegfuhr. »Das ist schon in Ordnung«, beruhigte er ihn. »Ich bringe Sie nach Hause.«

Als er zusammen mit dem alten Mann in den Wagen stieg und ihn fragte, wo er ihn hinbringen könnte, wurde ihm klar, dass die geistlichen Bedürfnisse dieses Menschen für alle zu sehen waren ... im Gesicht des Mannes ... in seiner Haltung ... in seinem Verhalten ... in seinen Worten. Und was er nicht hören konnte – der Heilige Geist hörte es. Er konnte tun, was Sam nicht vermochte.

Dieser Mann brauchte Jesus Christus.

Das war alles, was er wissen musste.